순간순간 새롭게 태어남으로써 날마다 새로운 날을 이룰 때

그 삶에는 신선한 바람과 향기로운 뜰이 마련된다

날마다 새롭게 시작하라. 묵은 수렁에서 거듭거듭 털고 일어서라

— 법정스님

맑고 향기롭게 근본 도량
길상사 사진공양집

날마다 새롭게

일여 지음

 예담

책을
내며
⋅ ⋅
⋅

2004년 6월부터 찍은 법정스님과 길상사의 사진들이 이 책《날마다 새롭게》의
출간으로 작은 매듭을 짓게 되었습니다. 스님이 입적한 뒤라 허전하기 이를 데
없는 마무리입니다. 2006년 출간한《길상사의 사계, 이토록 행복한 하루》의 부
족함을 새 책이 조금이나마 채울 수 있었으면 좋겠습니다.

이 두 권의 책이 세상에 나오게 된 계기는 2004년 우연히 만들어진 '우리세상
urisesang.x-y.net'이라는 제 개인 블로그 덕분입니다. 정성을 다해 찍은 사진을
부처님께 올린다는 의미로 그곳에 올리는 사진들을 '사진공양'이라 명명하고,
공양을 올리기 위해 매일 출근 전후 집 근처 길상사에 들러 사진을 찍었습니다.
사진공양을 통해 길상사에 깃든 나눔의 정신도 알리고 싶었습니다. 제 뜻을 이
해하신 법정스님은 당신을 찍게 허락해주셨고 더불어 이 시대의 한국불교 모습
도 담을 수 있었습니다.

법정스님의 진면목을 보기 위해서는 강원도 '오두막 일상'을 담았어야 했지만
길상사에서 뵌 모습밖에 없습니다. 부족한 기록입니다. 입적하셨고 가르침이 명
쾌하셨기에 스님 사진은 모두 흑백으로 전환해 담았습니다. 단순한 흑백 사진이
스님과 더 잘 어울린다고 생각했습니다. '절판'을 간곡히 당부하신 스님 유지에
반하는 줄 알면서도 책을 내는 이유는 스님과 길상사는 세상에 널리 알려지면
알려질수록 우리 사회가 더 맑고 향기로워질 수 있다는 믿음 때문입니다. 독자
제위의 혜량을 바랍니다.

법정스님을 추모하고 길상사가 지닌 나눔의 정신을 알리는 데 더해 돌아가신 아버지와 어머니를 기리는 마음도 담았습니다. 스님처럼 덕이 높은 분을 찍을 수 있었던 것은 온전히 부모님 덕이었습니다. 선친(先親)과 선비(先妣)의 영전에 '사진공양'의 결과물인 이 책을 올립니다. 선망부모(先忘父母)의 극락왕생을 염원하는 아들의 마음을 헤아려주시기 바랍니다.

'인연의 산물'로 책이 세상에 나오게 되었습니다. 제 블로그를 디자인해준 후배 공성태의 수고가 없었더라면 사진공양을 담을 그릇이 없었을 것입니다. 2004년 처음 사진공양을 올릴 수 있도록 허락해주신 당시 길상사 주지였으며 법정스님 맏상좌인 덕조스님의 배려 덕에 사진 찍는 기회를 가졌고, 현 길상사 주지인 덕운스님의 큰마음으로 이 책을 낼 수 있었습니다. 불가의 사제지간이 어떠한지를 덕인스님, 덕문스님, 덕현스님, 덕진스님, 덕일스님을 비롯한 제자 스님들을 통해 알릴 수 있어 고맙습니다.

모자란 사진장이가 업을 또 짓습니다.

법정스님을 이해하는 데 도움이 되고 길상사 안에 들어 있는 '보시(布施)'의 뜻이 세상에 퍼져 우리 세상이 더 좋은 세상으로 변하기를 기원합니다.

2013년 12월 일여(一如)

• 차례

1

비구, 법정

2004년 길상사 가을 정기법회 때 처음으로 법정스님을 사진에 담았습니다. 스님은 멀리서 자신을 향하고 있는 카메라를 향해 날카로운 눈빛을 보내셨습니다. 그 뒤로 스님의 그 눈빛을 언제나 마음의 경책으로 삼고 있습니다.

입적 2년 전인 2008년 봄 행지실(주지스님이 업무를 보는 장소)에서 지인이 보내온 차향을 깊숙이 들이마시고 계십니다. 해마다 봄이 되면 남도에 가서 보던 동백과 매화를 떠올리시는 듯합니다.

숙우에서 찻잔으로 차를 따르시는 모습입니다. 스님은 차담을 나누는 2, 30분 동안 두세 잔 정도의 차를 드셨습니다.

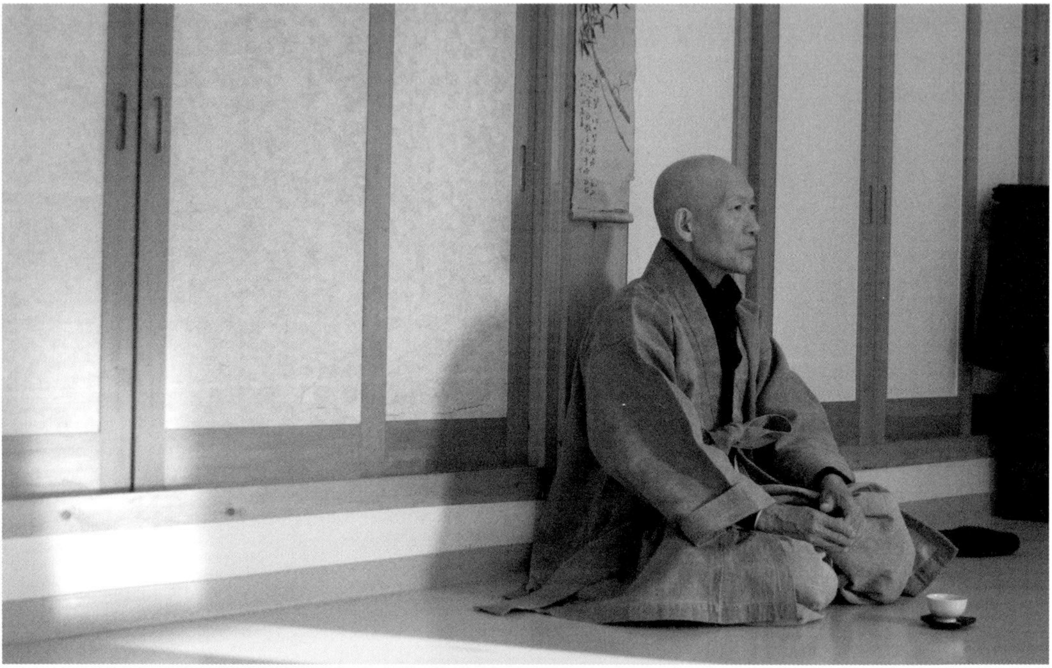

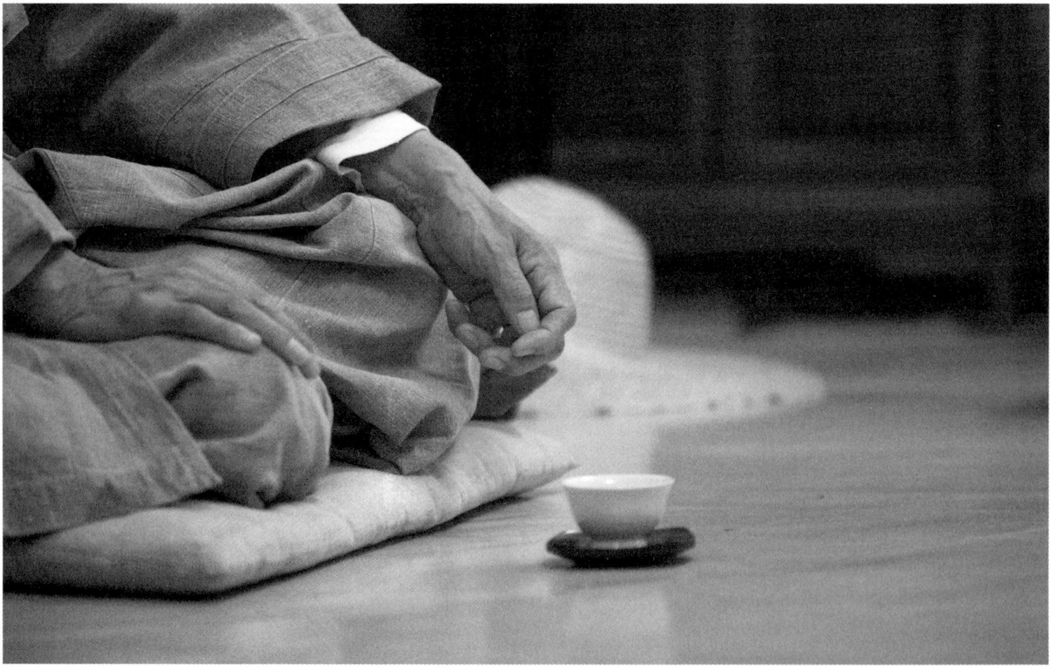

차 한 잔과 명상

법정스님을 불일암에서도 강원도 오두막에서도 뵌 적이 없습니다. 만약 그곳에서 뵈었다면 더 다양하고 진솔한 모습들을 담았을 것입니다. 행지실에 방문객이 뜸했던 어느 날 스님은 차 한 잔을 앞에 두고 명상에 잠기셨습니다. 불일암과 오두막에 홀로 계실 때도 이런 모습이셨을 것 같습니다. 햇볕에 그을린 두툼한 손과 그 앞에 놓인 차 한 잔, 그리고 밀짚모자. 스님의 단출한 삶을 엿보는 듯합니다.

2008년 가을 어느 날, 팽주(차를 다려내는 사람) 역할을 하던 스님이 자리를 비우자 법정 스님이 차탁 앞에 앉으셨습니다. 스님이 직접 차 만드시는 모습은 이때 처음 보았습니다. 스님은 차와 다구들이 당신 것이 아니라 손에 익지 않음을 염려하며 차를 우리셨습니다. 시간이 많이 흘러 그때의 차 맛은 기억이 나지 않지만, 호젓한 분위기 속에서 스님을 온전히 느꼈던 기억만은 생생합니다.

2008년 설법전 주불 점안식에서 반야심경을 봉송하시는 법정스님. 투병 중이셔서 그런지 매우 수척하고 피곤해 보이십니다. 수년간 스님을 뵈어왔지만 이토록 야윈 모습은 처음이었습니다. 이때만 해도 스님의 병세는 세상에 거의 알려져 있지 않았습니다.

겸손

법정스님의 진면목을 볼 수 있는 사진 중 하나입니다. 스님 성정이 하도 서 릿발처럼 엄해서 그런 모습만 눈에 들어왔었는데, 스님도 역시 수도자였습 니다. 깐깐함에만 포커스를 맞춘 제가 모자랐습니다. 수도자에게 감사와 겸 손은 있는 듯 없는 듯 내세우지 않는 자연스러운 것인데 말입니다. 2008년 봄, 행지실에서 깊은 감사의 표시로 누군가를 향해 머리를 숙여 합장하고 계십니다.

한자리에 모인 세 종교 지도자

2005년 5월 '길상음악회'에서 자리를 함께한 원불교 박청수 교무님, 법정스님, 김수환 추기경님의 모습입니다.[사진·] 스님은 이분들과 종교를 초월해 깊은 교유를 나눴습니다. 길상사를 '불교 냄새가 나지 않는 절'로 가꾸는 것이 스님의 뜻이었습니다. 그런 생각은 절을 창건할 때 갑자기 생긴 것이 아니라 평생 동안 실천해오신 바와 맥을 같이하는 것이 아닐까 싶습니다. 그래서인지 다른 종교의 지도자 분들과 반갑게 인사를 나누시는 모습이 자연스러워 보입니다. 이날의 음악회는 길상사 근처에 있는 천주교 사회복지시설인 '성가정 입양원'을 후원하기 위해 마련된 것이었기에 더 뜻깊은 자리가 되었습니다. 법정스님과 김수환 추기경님은 1997년 길상사 개원법회 이후 8년여 만에 '길상음악회'에서 만나 정담을 나누셨습니다.[사진··]

마지막 만남

'길상음악회'에 참석한 김수환 추기경님을 법정스님과 덕조스님이 배웅하는 모습입니다. 이것이 법정스님과 김수환 추기경님의 마지막 만남이었습니다. 이날 스님은 추기경님을 배웅한 후 음악회 자리를 끝까지 지켰습니다. 손상좌인 혜산스님은 법정스님이 "'오늘 들었던 노래 가운데 〈황천길〉이 가슴에 와 닿았다'고 피곤한 표정으로 말씀하셨는데 그런 스님의 '나약한' 모습은 처음 봐 뭉클했다"고 전했습니다. 아마도 스님은 추기경님의 나빠진 건강과 김수철 씨가 부른 〈황천길〉의 우울한 감성 때문에 기분이 조금 가라앉으셨던 것 같습니다.

상량문 쓰기

길상사 범종각 상량문을 쓰기 위해 법정스님이 어떤 준비를 하셨는지 자세히 보여주는 사진들입니다. 스님은 상량식 열흘 전, 절에 오셔서 원고지에 상량문을 단박에 쓰셨습니다.[사진·] 퇴고를 거쳐 붓글씨로 상량문을 화선지에 옮기셨고[사진··] 이때 쓴 글은 범종각 상량식 때 보관되었습니다. 상량식 몇 시간 전, 스님은 상량문의 주요 부분을 직접 상량에 옮겨 적으셨습니다.[사진···]

스님처럼 이름 높은 분은 으레 한자로 일필휘지할 것 같지만 실제로는 한글로 된 아름다운 글씨를 많이 남기셨습니다. 스님의 손을 거쳐 많은 예불문이 한글화되었고, 스님이 다시 풀어쓴 오관게(공양할 때 외우는 다섯 가지 계송)는 지금 길상사 공양간에 걸려 있습니다.

소리 퇴고

법정스님은 매달 나오는 〈맑고 향기롭게〉 소식지에 권두언을 쓰셨습니다. 그 글들을 묶어 여러 권의 책으로 펴내기도 했는데, 사진에서 보는 원고지가 바로 그 초고입니다. 스님은 소식지 마감일에 맞춰 길상사에 오실 때 원고를 가져오셨는데 당시 '맑고 향기롭게' 기획실장이던 김자경 씨가 그 원고를 정리했습니다. 사진은 2006년 봄 김 실장이 스님께 원고를 소리 내어 읽어드리며 '소리 퇴고'를 하는 장면입니다.

법정스님이 행지실에서 뭔가 쓰고 계십니다. 스님은 안경을 바꿔 쓰시고 품에서 만년필을 꺼내 온 신경을 집중해 글을 쓰셨습니다. 아마도 스님의 많은 글은 이런 과정을 거쳐 나왔을 것입니다.

풀로 다림질된 행전(보행과 행동을 간편하게 하기 위해 바지 정강 위에 감아 무릎 아래에 매는 물건)입니다. 그 빳빳함이 스님의 성정을 그대로 닮았습니다.

행전

법문을 위해 법당으로 가시기 전 스님이 맨 처음 하는 일은 행전을 고쳐 매는 것이었습니다. 스님들의 바지는 워낙 품이 커서 처음에는 법정스님이 행전을 맸는지 안 맸는지 잘 몰랐습니다. 그러다 스님을 뵌 지 몇 해 만에 행전을 빳빳이 다려서 차고 다니시는 걸 알게 되었습니다. 행전을 제대로 맸는지 꼼꼼히 확인하시는 모습을 보면서 '스님은 작은 일에도 충실한 분이구나' 하고 느꼈습니다.

..

스님의 뒷모습이 참 많이 다릅니다. 병을 앓
기 전인 2006년 겨울, 스님 발걸음은 빠르고
활기찼습니다.[사진·] 폐암 수술을 마치고 투
병 중이시던 2008년 12월, 스님의 뒷모습은
주위의 겨울 나목과 흡사합니다.[사진··]

스님은 늘 잔잔한 미소로 사람들의 마음을 편안하게 해주셨습니다.[사진·] 그러던 스님
도 가끔은 파안(얼굴빛을 부드럽게 하여 활짝 웃음)을 하셨는데, 이렇게 눈이 감길 정도로
활짝 웃으시는 모습은 보기 드문 장면입니다.[사진··]

2007년 겨울, 법문을 하러 가시기 전 즐거운 표정으로 대화를 나누며
목도리를 고쳐 매는 스님.

스님께서 전남 광양 매실마을 홍쌍리 여사를 오랜만에 만나 반가우셨는지 미소를 띤 채 홍 여사의 말씀을 듣고 계십니다. 홍 여사는 짙은 경상도 사투리로 "아프실 때 이 편지 보고 힘내세요"라며 직접 쓴 편지를 스님께 건넸습니다.

오랜 인연

법정스님과 홍 여사의 인연은 근 40여 년이 되어갑니다. 밤나무만 듬성듬성 있던 바위투성이 산이 오늘의 아름다운 매실마을이 된 것은 "매실을 한번 심어보라"는 법정스님의 권유를 받들어 뼈가 으스러지도록 일한 홍 여사의 노력이 있었기에 가능한 일이었습니다.

홍 여사는 스님께 많은 일을 상의했습니다. 매실 창고를 어디에 지어야 할지 고민이라고 말씀드리자 스님은 "보살님, 가을에 낙엽이 어디로 모이던가요"라고 물어보신 뒤 지금의 창고자리를 권해주셨다고 합니다. 또 매실 가공 공장을 지을 때도 "이곳에서 기계 소리가 난다"라는 스님의 말씀에 따라 자리를 정했다고 합니다.

매실마을을 가꾸느라 힘든 나날이 계속될 때는 "매실마을 자리는 암학(鶴)으로 섬진강 너머 저 큰 산이 숫학(鶴) 역할을 해 끊임없이 먹이를 물어다주니 이 자리를 떠나지 않는다면 먹고사는 데 큰 문제가 없을 것"이라고 위로해주셨습니다. 김대중 대통령의 매실마을 방문을 위해 지금의 직원식당 자리에 헬기장을 만든 적이 있었는데, 그때 스님은 "턱이 빠졌었는데 잘됐다"라며 크게 기뻐하셨습니다. 미루어 짐작건대 스님은 풍수에도 분명 일가견이 있으셨지만 그것을 결코 아무에게나 나타내지 않으셨던 것 같습니다.

스님은 둘러앉은 사람들을 향해 홍 여사의 거친 손을 들어 보이시며 "매실마을을 만드느라고 손이 이렇게 됐다"며 안쓰러움을 나타내셨습니다. 그리고 "하나를 말하면 둘을 할 줄 아는 사람이기에 지금의 매실마을을 만들었다"라고 칭찬하셨습니다. 스님의 따뜻한 미소가 홍 여사와의 교감이 얼마나 두터웠는지를 말해주는 것 같습니다. 홍 여사 역시 "법정스님 덕분에 오늘의 매실마을이 있다"라고 회고합니다.

법정스님 버릇 중 하나가 손가락 팅기기라는 걸 이 사진을 찍고 난 후에야 알았습니다.
그전에는 스님께서 통증을 참으려고 손가락을 쥐었다 폈다 하시는 줄 알았는데 스님을
잘 아는 한 보살님이 '스님 버릇'이라고 알려주셨습니다.

법정스님이 대화에 집중할 때의 버릇들입니다. 다른 사람의 말을 귀담아 들을 때는 고개를 숙이고 손을 입가로 가져가시고 [사진 ·] 직접 말씀하실 때는 오른손을 들어 쥐었다 폈다 하신다고 합니다. [사진 · ·] 사진을 찍은 해는 각각 다르지만 스님 몸에 밴 버릇은 해가 바뀌어도 그대로였습니다.

날마다 새롭게

길상사 법문을 마치고 당신의 책에 사인을 요청하는 한 군인에게 "날마다 새롭게"라고 써주시고 계십니다. 스님은 오로지 당신의 사인이 필요해서 받으려는 것인지 아니면 스님 말씀에 공감하고 실천하기 위한 징표로 사인을 받으려는 것인지를 족집게처럼 아셨습니다. 전자의 경우 "사인"이라고 써주셨지만 후자의 경우 진지한 표정으로 좋은 글귀를 같이 써주셨습니다.

2007년 부처님오신날, 관욕의식(천도재 때 영혼을 목욕시키는 의례)에서 반야심경을 봉송하는 동안 합장하고 계시는 모습.

2007년 5월 부처님오신날, '길상음악회' 시작 전에 억수같이 내리는 빗속에서 혜산스님이 법정스님께 우산을 받쳐드리고 있습니다. 약 30여 분 동안 스님은 대중들과 함께 평온한 모습으로 음악회를 기다리셨습니다.

법문을 위해 극락전으로 향하는 스님이 손을 들어 햇볕을 가리고 있습니다.

남을 향한 자비

가까운 거리에서 법정스님을 뵙는 게 사람들은 너무 좋은 모양입니다. 게다가 어느 분이 재미있는 말씀을 하셨는지 스님도 웃고 계십니다. 엄숙하기만 하던 스님이 웃으시니 분위기가 더 좋아졌습니다. '종교는 남을 향한 자비심'이라는 스님의 말씀이 스님의 웃음으로 인해 더욱 가슴에 와 닿았습니다.

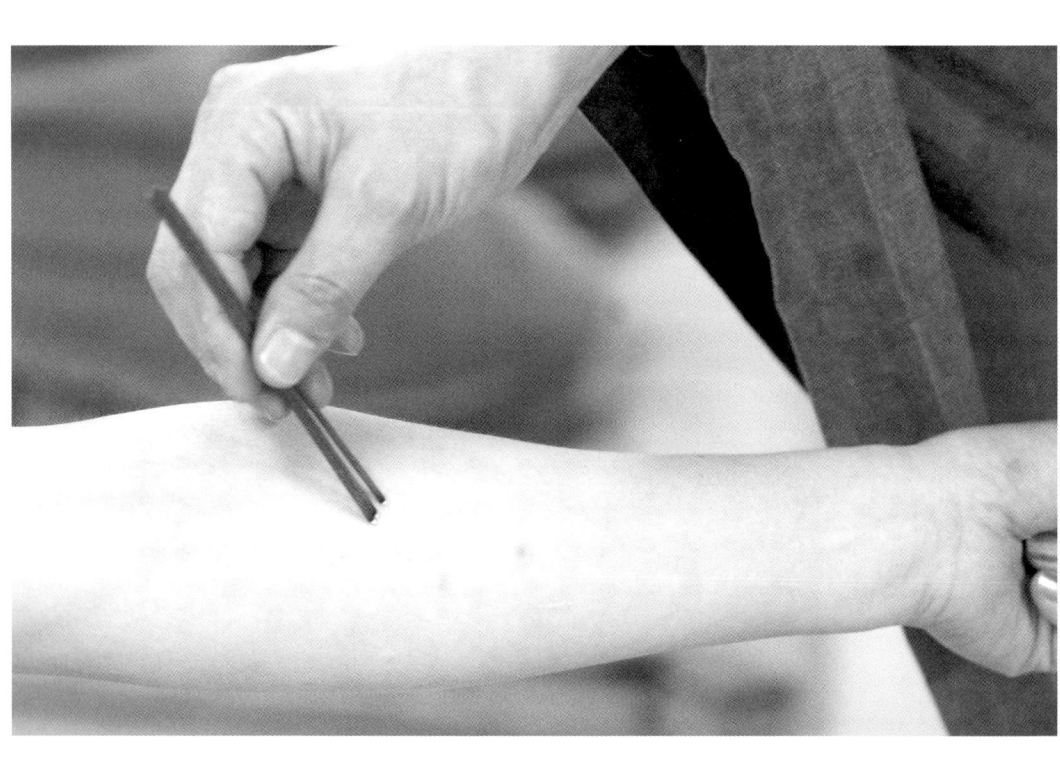

연비

법정스님이 한 신도에게 연비(재가불자들이 오계를 수지할 때 팔뚝의 일부분이나 손가락을 불로 태우는 의식)를 해주고 계십니다. 스님은 해마다 열리는 길상사 수계식(계율을 지키겠다는 의식)에 참석한 신도들에게 연비를 해주셨습니다. 처음 불자가 된 분들에게는 직접 법명(불교식 이름)도 지어주셨습니다.

법정 찻잔

법정스님이 오랜만에 만난 도예가 지헌 김기철 선생(가운데)과 길상사 경내를 걷다가 선생의 부인 조남숙 여사를 향해 합장하고 계십니다. 선생의 가족은 스님이 기거하는 불임암에서 며칠씩 함께 밥도 지어 먹고 차도 마시는 스스럼없는 사이였습니다. 독자와 작가로 시작된 이 인연은 훗날 지헌 선생이 '법정 찻잔'을 만드는 관계로 발전했습니다. 법정 찻잔이란 '가벼우면서 입술에 닿는 부분이 가늘고 미끈한 느낌'이 나는 찻잔으로 스님이 평생 애용하신 다기입니다. 스님은 "차는 좋은 그릇을 만나야 비로소 그 차가 지닌 빛과 향과 맛을 제대로 낼 수 있다"고 하셨는데 아마도 지헌 선생이 만든 찻잔을 두고 하신 말씀 같습니다.

법정스님이 길상사에 오실 때마다 스님을 모셨던 벽파 거사님과 혜산스님이 함께 만추의 경내를 지나 행지실로 향하고 있습니다. 스님과 함께 걸을 때도 두 손을 모으고 고개를 숙인 채 걷고 있는 벽파 거사님의 자세가 스님을 얼마나 존경하는지 보여줍니다.

점안식, 그 절정의 순간

스님이 붓을 들어 지장보살상에 점안을 했기에 이제 보살상은 성물(종교의식에 쓰이는 신성하고 거룩한 물건)이 되었습니다. 점안식의 절정은 스님의 결연한 표정과 붓 끝에서 나타납니다. 먹물이 살짝 묻어 있는 붓은 스님의 성정만큼이나 깔끔하게 보입니다.

스님께서 직접 붓을 들어 점안한다는 이야기를 듣고 이 순간을 꼭 담고 싶었습니다. 광각렌즈를 달고 스님 가까이 바짝 다가섰습니다. 경건한 분위기를 헤치지는 않을까 우려스러웠지만 이런 기회는 다시 오지 않을 것입니다. 만약 스님이 카메라를 향해 한 번이라도 눈길을 주셨다면 이 사진을 찍지 못했을지도 모르겠습니다.

스님이 붓을 들고 있는 동안 염불 소리는 마치 '풍악 소리'처럼 들렸습니다. 염불하는 스님의 구성진 소리에 요령과 목탁 소리가 더해져 판소리의 한 대목을 듣는 듯했습니다. 그 풍악이 수십 번 철컥거린 카메라 셔터 소리를 막아주었습니다.

고갯길

법정스님이 힘겹게 고갯길을 오르고 있는 거사님의 수레를 밀어주고 계십니다. 스님의 왼발은 땅에서 떨어졌고 오른손은 짐에서 떨어졌습니다. 고갯길의 정상에 막 올라섰으니 이만하면 혼자서 갈 수 있겠다고 여기신 듯합니다. 스님 덕분에 거사님은 수월하게 오르막길을 오를 수 있었습니다.

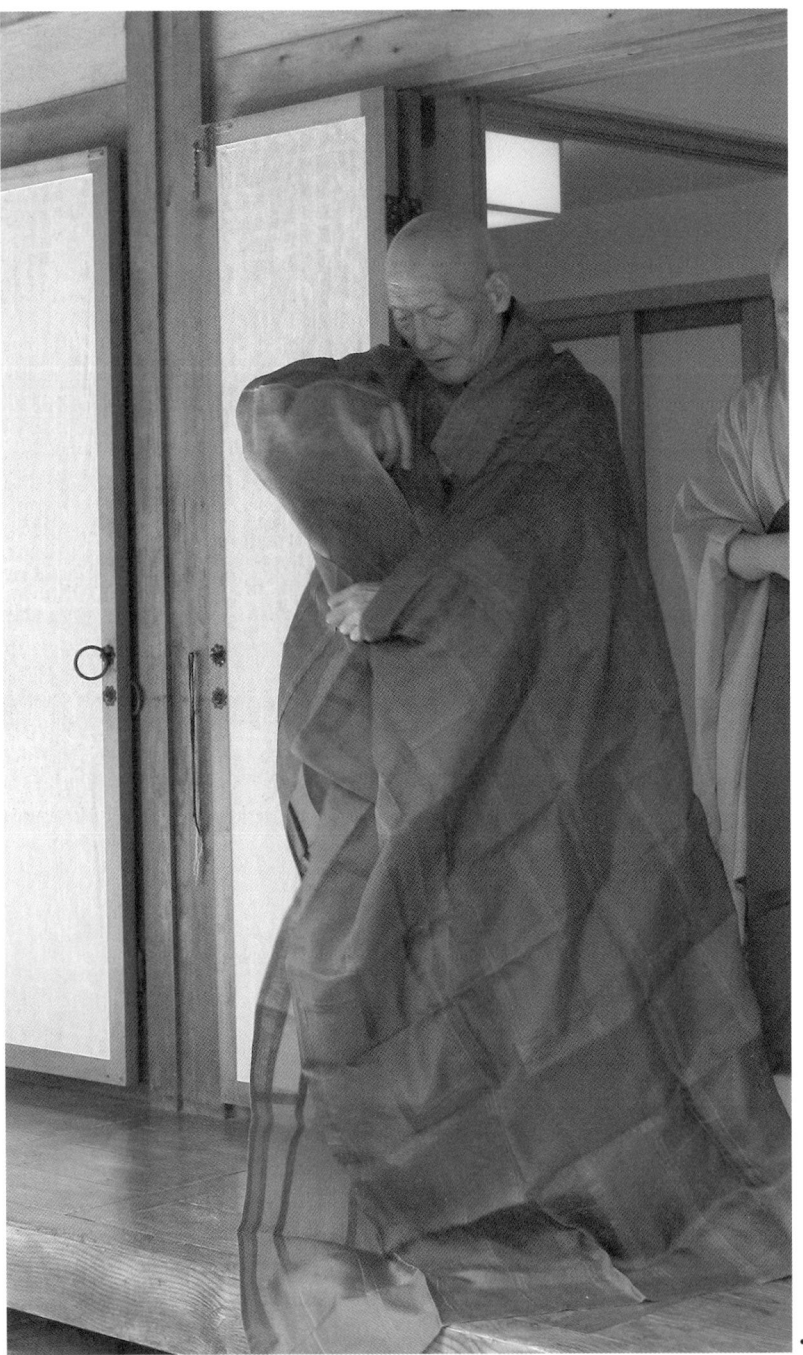

··

가사와 대나무 평상

법정스님이 법문을 위해 행지실을 나서며 가사를 수(가사를 몸에 걸치는 행위)하고 계십니다. [사진·] 스님 입적 후 스님의 법구를 덮은 것이 바로 이 가사였습니다. 스님은 생전에 그토록 원하신 대로 홀연히 입적에 드셨습니다. 스님의 법구는 스님이 손수 만든 대나무 평상에 누워 가사에 덮인 채 송광사 개울을 지났습니다. [사진··]

즐거운 웃음

"그리고 아무 말도 하지 않았다." 스님이 사회자의 노래 권유를 뿌리치며 재치 있게 던진 말씀입니다. 고승의 노래를 고대했던 5,000여 불자들의 아쉬움을 뒤로한 채 스님은 단을 내려가셨습니다. 당신 또한 불자들의 마음을 알기에 그 미안함을 약간의 계면쩍은 표정으로 나타내며 만면에 '즐거운 웃음'을 띠고 계십니다. 불자들은 스님의 노래를 듣지 못해 못내 아쉬웠지만 대신 이처럼 인간적인 체취를 듬뿍 느낄 수 있었습니다.

법정스님의 안목

동안거 결제 법문을 마친 법정스님이 극락전 밖으로 나오고 계십니다. 모자, 목도리, 신발 모두 검정색입니다. 무신경한 듯 보이지만 스님의 대단한 감각을 보여주는 예입니다. 스님과 교유가 깊었던 분들은 한결같이 스님의 안목에 항상 놀랐다고 합니다. 길상사가 음식점에서 절로 바뀐 뒤 깔끔하면서도 단순미 있는 사찰로 변할 수 있었던 것도 스님의 감각이 적당히 투영되었기 때문일 것입니다.

유머 법문

스님은 법문을 유머로 시작하실 때가 많았습니다. 2004년 겨울 주부들을 대상으로 한 법문에서도 "가출의 반대가 바로 출가니 출가가 그리 어렵지 않다"라는 말씀으로 주부들의 애환을 절묘하게 표현해 웃음을 이끌어내셨습니다. 어느 해 정기법회에서는 한 며느리가 시아버지에게 드리는 용돈을 가계부에 '촌놈 용돈'이라고 적었다는 말씀을 하시며 쓴웃음을 짓게 만들기도 했습니다.

점심공양

법정스님과 만상좌인 덕조스님이 늦은 점심공양을 하고 계십니다. 스님이 길상사에서 공양하시는 모습을 한 번도 뵙지 못해 특별히 덕조스님께 청을 드려 담은 사진입니다. 법정스님이 가장 좋아하신 음식은 국수였습니다. 입적 1주기 때 영전에 올린 음식도 국수였지요. 스님은 물미역도 좋아하셨다고 덕조스님은 회상합니다. 법정스님은 덕조스님에게 떡국 끓이는 방법을 딱 한 번 알려주셨는데 그대로 끓이지 않으면 안 드셨다고 합니다. 표고버섯을 우린 물에 미리 불린 떡을 넣고 조선간장으로 간을 한 후 땅콩버터를 넣은 떡국을 스님은 참 잘 드셨다고 합니다.

눈물

법문을 위해 장삼을 수하는 법정스님을 넷째 상좌이자 당시 길상사 주지 소임을 맡고 있던 덕현스님이 만감 어린 표정으로 바라보고 있습니다. 제자는 말년의 스승을 '노송(老松) 같다'고 표현했습니다. 어디에나 어울리고 기품 있는 모습, 스승을 멋지게 비유한 것이지요.

덕현스님의 눈빛에 존경, 아쉬움, 그리움 등 여러 가지 감정이 들어 있는 듯합니다. 법정스님 다비식 때 "화중생련(火中生蓮, 불꽃 속에 핀 연꽃)"을 외치며 눈물을 줄줄 흘렸던 덕현스님의 모습이 이 사진에 자꾸 오버랩 됩니다. 2011년 2월 법정스님 추모 사진집《비구, 법정》출간 직전에 교정본을 덕현스님께 보여드린 적이 있습니다. 맨 첫 사진이 법정스님께서 활짝 웃는 모습이었는데 덕현스님은 그 사진을 보자마자 눈물을 주르륵 흘렸습니다. 다비식 때 보았던 '슬픔의 눈물'과 다르지 않았습니다.

법명 짓기

법정스님과 덕조스님이 수계식 때 불자들에게 줄 법명을 검토하고 있습니다. 당신이 직접 지어주는 법명을 불자들이 어떻게 받아들일지 잘 아시는 터라 오랜 시간 법명을 보고 또 보셨습니다. 스승과 제자도 닮는다는 것을 두 분이 보여주고 있습니다.

손상좌와 함께

밀짚모자를 쓴 법정스님과 혜산스님이 정담을 나누며 행지실로 향하고 있습니다. 속가로 치면 혜산스님은 법정스님의 맏손자입니다. 두 분의 모습이 정겨운데 승가(僧家)에서도 속가(俗家)처럼 조손(祖孫) 간의 애틋함이 있는 것 같습니다.

혜산스님은 2003년 출가하셨는데, 출가 1년 후에야 법정스님을 만나셨다고 합니다. 법정스님은 맨처음 혜산스님을 "김행자 님"이라고 불렀고, 두 번째 봤을 때는 "행자야", 세 번째는 "어이", 법명을 받고 난 후인 네 번째는 "혜산아"라고 부르셨다고 합니다. 법정스님과 혜산스님의 세수와 법랍은 조손뻘 이상인데 첫 만남에서 '님' 자를 붙이셨다는 게 놀랍습니다.

행지실 풍경

법정스님이 길상사에 오시면 행지실은 늘 방문객들로 붐볐습니다. 스님은 자리에 앉은 사람들에게 수인사를 건네며 분위기를 잡곤 하셨습니다. 그사이 제자 스님들은 차를 만들어냈지요. 국산 침출차와 대만산 발효차 등이 나왔는데 법정스님은 이 차들에 대해 특별한 품평은 하지 않으셨습니다. 아마도 제자가 즐기는 차에 대한 평가는 췌언이라고 생각하신 듯합니다.

여러 사람이 모였기에 공통의 화제는 드문 편이었고, 스님이 한 사람 한 사람에게 근황을 묻는 형식의 대화가 보통이었습니다. 두세 잔 정도의 차를 마시고 나면 곧 스님이 법문할 시간이 되므로 방문객들이 스님을 친견하는 시간은 길지 않았습니다.

삼배

법정스님이 길상사에 오시면 제자스님들은 삼배로 예를 갖추었습니다. 스님은 상좌들
이 절을 마칠 때까지 곧은 자세로 합장을 하고 절을 받으셨습니다. 사진의 오른쪽부터
맏상좌 덕조스님(당시 길상사 주지), 셋째 상좌 덕문스님, 다섯째 상좌(현재 길상사 주지)
덕운스님, 여섯째 상좌 덕진스님입니다.

법문을 위해 장삼을 수하고 있는 법정스님. 옷을 입는 일은 참 개인적인 일입니다. 그것이 수도자일 때는 더더욱 그렇지요. 방문객들이 모두 자리를 떠난 후에도 꾸물거리며 행지실에 남아 있었던 덕분에 스님의 이런 내밀한 모습을 담을 수 있었습니다.

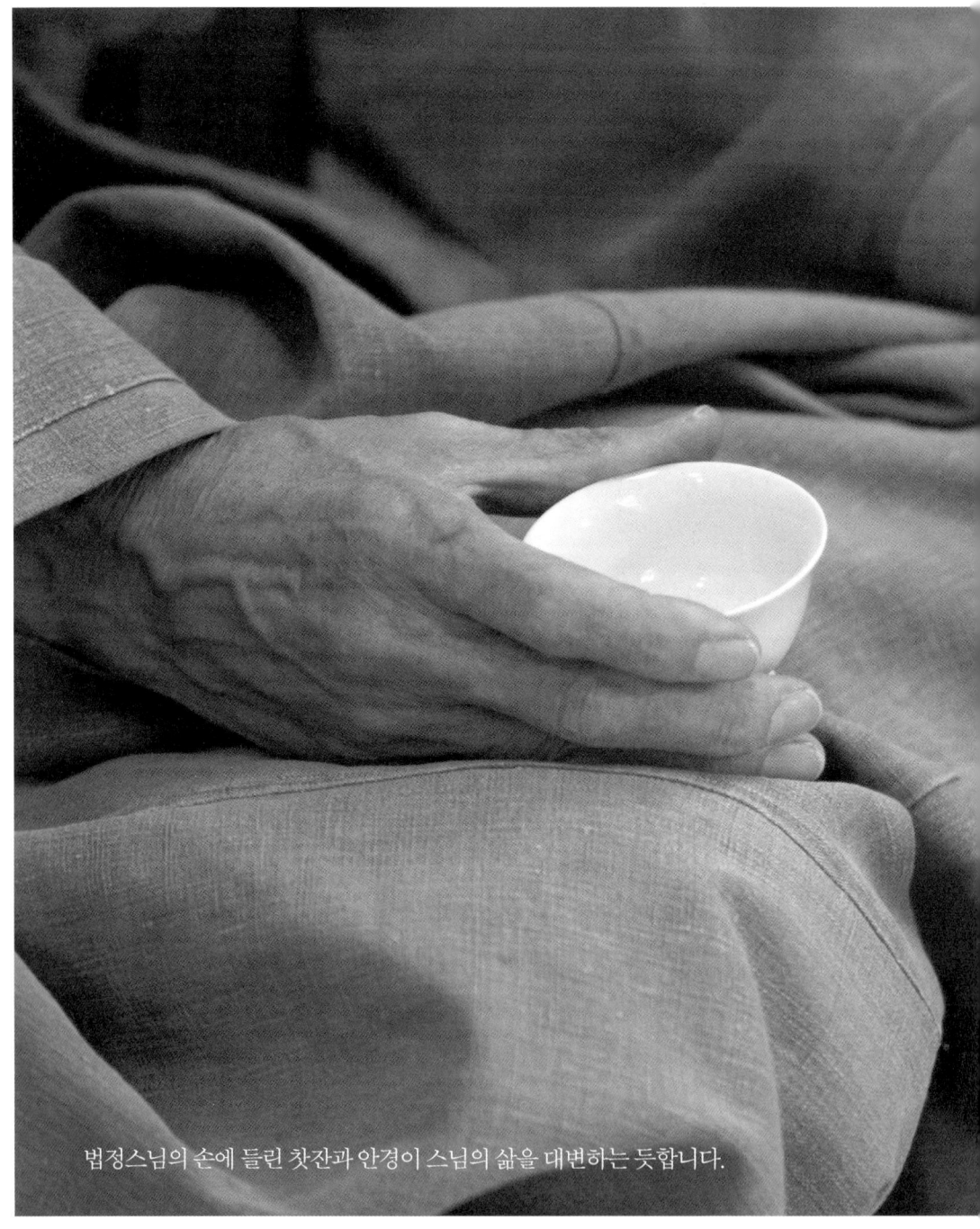

법정스님의 손에 들린 찻잔과 안경이 스님의 삶을 대변하는 듯합니다.

법문을 마친 법정스님이 덕현스님과 함께 극락전을 나와 행지실로 향하고 있습니다. 앞을 응시하기보다 땅을 보며 걸으시는 모습과 평소보다 부은 얼굴, 겨울 치고는 포근한 날씨임에도 두툼한 모자를 쓰신 것에서 스님이 투병 중임을 알 수 있습니다.

지장전 낙성식 때 햇볕을 가리시는 법정스님. 스님은 한참 동안 이렇게 계셨습니다.

종교를 넘어

법정스님은 다래헌(서울 봉은사)과 불일암에 성모상을 모셔놓고 촛불 공양을 올리셨습니다. 스님이지만 불교만을 고집하지는 않으셨지요. 다른 종교를 가진 이들 중 스님과 교유를 나눴던 분들은 스님으로부터 "부처님 믿어라"라는 말을 한 번도 들은 적이 없다고 합니다. 이해인 수녀가 계시는 수녀원의 아침 기도에 참석하셨을 때는 "여러분이 빚을 져서는 안 되겠지만 사랑해야 할 빚만은 남아 있다"는 '로마서 13장 8절' 구절이 좋다고 옮겨 적으시기도 했습니다. 다른 종교인들과도 가슴을 터놓고 만나고 '맑고 향기롭게' 활동으로 종교를 따지지 않는 개방성을 보여주신 덕분에 많은 사람들이 이에 공감하고 스스럼없이 길상사를 찾을 수 있었을 것입니다.

2007년 부처님오신날을 축하하기 위해 난을 가져온 길상사 근처의 작은형제회 수사님을 배웅하는 법정스님의 모습입니다.

포도와 티슈

법정스님의 깔끔한 성정을 엿볼 수 있는 사진입니다. 포도를 드실 때 손에 묻는 물을 닦기 위해 한 손에 티슈를 들고 계십니다. 계면쩍어하시는 기색이 역력합니다. 아마도 '뭐 이런 것까지 찍나' 하고 생각하시는 듯합니다. 스님께서 한 보살님에게 "일여는 기자라 그런지 별걸 다 찍어"라고 말씀하셨다는데 바로 이 장면을 염두에 두고 하신 말씀이 아닐까 생각합니다.

운전

밀짚모자를 쓴 법정스님이 손수 운전하고 오신 승용차에서 막 내리고 계십니다. 스님은 이 차로 강원도 오두막과 서울 길상사를 오가셨습니다. 스님은 미국 로스앤젤레스의 고려사에 계실 때 운전면허를 따셨는데 필기시험에서 만점을 받아 기립박수를 받았다고 합니다. 지묵스님에 따르면 "스님이 운전을 잘하셨고 즐기셨는데, 그 탓에 '과속 딱지'를 받은 일도 있다"고 합니다. 강원도에서 길상사까지는 꽤 시간이 걸리는 먼 길이었지만 운전을 즐기신 덕분에 그렇게 피곤해 보이지 않으셨던 모양입니다.

겨울나무가 된 거목

상쾌한 거목 같았던 스님이 이날은 낙엽을 다 떨군 나목 같았습니다. 겨울나무를 좋아하시던 스님 자신이 이제 '겨울나무'가 되었습니다. 입적 전 스님이 병원에 입원해 계실 때 병원비가 모자랐습니다. 스님 책은 수백만 부가 팔렸지만 그 돈은 스님께 한 푼도 가지 않았습니다. 당신 몫의 인세를 모두 필요한 사람들에게 나눠줬습니다. 도움을 받은 '법정 장학생'들이 얼마나 많은지 모를 정도입니다. 그들은 스님 덕분에 석사를 마치고 박사학위 등록금을 냈습니다. 돈을 버는 직장인들도 스님의 도움을 받았습니다. 스님의 앙상한 뒷모습에 사진 찍는 내내 가슴이 아팠습니다. '법정 장학생'들의 마음도 다르지 않을 것입니다. 2008년 설법전 주불 점안식 때의 모습입니다.

기침

길상사에 마지막 법문을 하러 오신 날, 스님은 기침을 많이 하셨습니다. 스님의 일거수
일투족이 다 뜻있게 보여서 그랬는지 고통을 참아내시는 모습도 예사롭게 보이지 않았
습니다. 심한 기침이 나면 손으로 입을 가리고 남들에게 방해가 될까 조심하셨습니다.
그 모습이 많이 안쓰러웠습니다.

수계식을 주재하러 가시는 법정스님 발걸음이 활기찹니다.

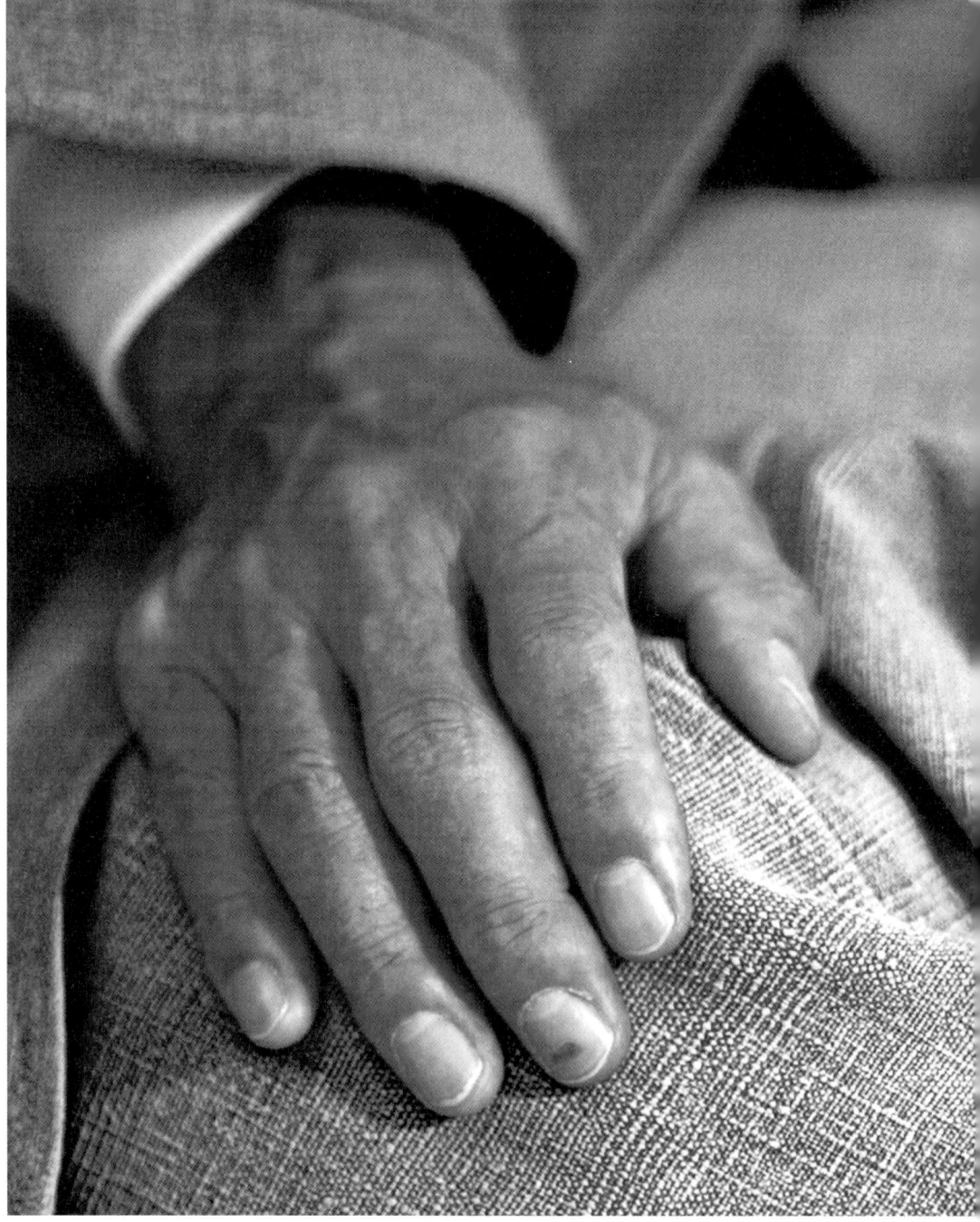

법정스님의 손

법정스님의 손은 무척 큽니다. 승복 위에 놓여 있지 않다면 스님의 손이 아니라 노동자의 억센 손처럼 보입니다. 스님의 맑은 눈빛과 굵고 단단한 큰 손은 참 조화롭습니다. 스님의 손이 희고 고와도 좋겠지만 이런 손이 훨씬 더 큰 의미로 다가옵니다.

이 손으로 참 많은 일을 하셨습니다. 삽과 괭이를 들고 밭을 일구었고 큰 돌을 옮기느라 힘을 썼습니다. 구릿빛 피부와 그 위에 튀어나온 힘줄은 남의 손을 빌리지 않고 당신이 모든 일을 직접 했음을 말해주고 있습니다. 수많은 중생을 위해 목탁과 염주를 매만지고 청빈의 아름다움을 보다 많은 이들에게 알리고자 펜을 잡았습니다. 또 세상 어디에 내놔도 손색없는 아름다운 절 길상사를 만들고 가꾸었습니다.

스님은 법문에서 이렇게 말씀하셨습니다.

"한 소식은 결코 선방에서 들을 수 없다. 자비심으로 충만한 행동을 할 때만 온다."

'깨달음은 이 굵고 큰 손처럼 열심히 일하고 또 행할 때 오는 것이 아닐까' 하고 생각해봅니다.

2

마음을 맑고 향기롭게

배웅

길상사 주지 소임을 다하고 불일암으로 향하는 덕조스님을 다른 상좌 스님들이 배웅하고 있습니다. 왼쪽부터 여섯째 상좌 덕진스님, 행자, 맏상좌 덕조스님, 넷째 상좌 덕현스님, 일곱째 상좌 덕일스님, 셋째 상좌 덕문스님입니다.

스님은 가을을 타시는 것 같습니다. 만추에 고갯길을, 그것도 고개를 푹 숙인 채 낙엽을 밟으며 천천히 걸으시니 말입니다.

추억

낙엽이 한가득 떨어져 있는 길상사 경내를 한 아이가 낑낑대며 덕조스님을 업고 갑니다. 열 살밖에 안 돼 스님이 꽤나 무거웠을 것입니다. 길상사를 놀이터 삼아 자란 아이는 심심하던 차에 스님을 업게 되어 무척 즐거워했습니다. 이제 아이는 스님을 거뜬히 업고 경내를 몇 바퀴나 돌 수 있을 정도로 훌쩍 자랐습니다. 스님에게도 아이에게도 추억이 된 한 장면입니다.

스님과 아이의 눈싸움이 즐겁습니다. 스님 눈에 맞은 아이도 눈을 던진 스님도 유쾌하기만 합니다. 바라보는 아이 엄마도 즐겁기는 마찬가지입니다. 아이의 깔깔대는 웃음과 스님의 미소가 극락의 한 장면 같습니다.

극락전과 아미타부처님

도량석(새벽예불 전 도량을 청정하게 하는 의식)을 하러 나온 스님이 극락전을 향해 예를 올리고 있습니다. 극락전은 길상사의 대웅전 격입니다. 대웅전은 보통 석가모니부처님을 주불(主佛)로 모시는데 비해 극락전은 아미타부처님을 중앙에 모셔놓습니다. 길상사의 주전(主殿)을 극락전으로 정한 데는 그럴만한 이유가 있습니다. 길상사는 절이 되기 전 술과 음식을 팔던 요정과 고깃집이었는데 지금의 극락전이 중심이었습니다. 남성들의 노리개가 되었던 여성들의 한을 풀어주고 인간들을 위해 억울하게 죽어나간 짐승들의 극락왕생을 기원하는 의미가 담겨 있습니다.

법정스님의 몸무게

혜산스님은 출가 1년 후인 2003년 가을, 법정스님과 딱 한 번 목욕을 같이해보셨다고 합니다. 그때 법정스님께서는 "몸무게가 얼마나 나가나?" 하고 물으신 후 "그 몸무게를 평생 유지해라. 살이 찌면 시주 은혜를 입어 업을 짓는 것이므로 그것을 경계해라" 하고 말씀하셨다고 합니다. 나중에 법정스님 몸무게가 50여 년 넘게 변하지 않은 것을 알고 나서 진정한 가르침을 주신 것이라는 생각에 매우 기뻤다고 합니다. 혜산스님은 그날 이후 법정스님과 매우 가까워진 것 같았고 평생 같은 몸무게를 유지하기로 결심했다고 하셨습니다.

혜산스님, 혜강스님(오른쪽)이 귀엣말을 나누고 있습니다. 공양간에 조왕신(부엌을 관장하는 신)을 모시는 법회 도중에 혜강스님이 혜산스님에게 긴한 말씀을 전하는데 듣는 혜산스님의 호기심 넘치는 표정이 재미납니다.

스님의 걸음걸이

한달음에 계단을 훌쩍 올라가시는 걸 보니 스님이 매우 바쁘신 모양입니다. 스님들이 걸친 장삼과 가사 때문에 스님들의 걸음이 느릴 거라는 편견이 있습니다. 절에서는 모든 것이 천천히 이루어지니 그렇게 생각할 만합니다. 하지만 스님들은 매우 날랩니다. 아마도 속인들처럼 쓸데없는 것이 몸에 붙어 있지 않아 그런 게 아닌가 싶습니다.

발우공양

음식을 편안하게 원하는 만큼 먹을 수 있는 세상에 발우공양은 '수행'에 다름 아닙니다.
발우공양은 음식을 먹을 때부터 먹고 난 후에도 많은 절차와 수고가 들어갑니다. 마지
막으로 발우를 싸고 있습니다.

"선 수련회 참가자 분들, 이제 들어오세요." 목탁 소리에 미소까지 실리니 이 소리를 듣는 이들은 스님의 친절한 마음까지 받을 것 같습니다.

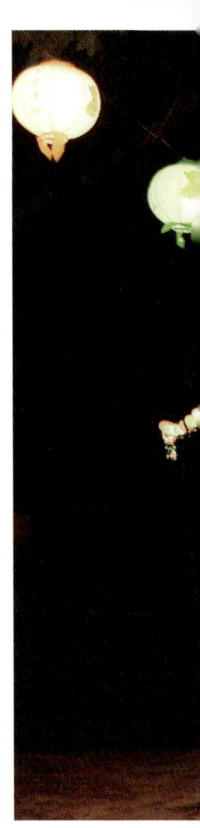

연등은 많은 그림을 만들어냅니다. 길상사의 연등은 사찰과 조화를
이루며 걸려 있기에 더더욱 그렇지요.

승가의 예

방 주인 스님과 방문한 스님들이 절로써 예의를 표하고 있습니다. 절집에는 우리네 미풍양속이 이렇게 온전히 살아 있습니다. 이러한 예를 다하지 못해 덕조스님께 혼난 일이 있습니다. 어떤 스님과 공양간에서 피자를 먹고 있었는데, 그걸 보시곤 "승속이 유별한데 어찌 속인이 수도자와 한자리에 앉아 음식을 먹는가"라며 "빨리 여기서 나가시게" 하고 말씀하셨습니다. 몰라서 범한 실수여서 꾸중은 그것으로 그쳤지만, 그 후로 스님들을 대할 때면 예의에 어긋나지 않도록 조심조심하게 되었습니다.

요령소리 목탁소리가 이승을 떠난 망자를 위로합니다. 영가가 부처님의 가르침이 담긴
'법의 소리'를 듣고 극락왕생하기를 발원합니다.

스님의 살림살이

가사를 정리하는 스님의 모습을 이렇게 가까이에서 담게 될 줄 몰랐습니다. 이 스님과 저와의 인연이 두터웠기 때문이라고 생각합니다. 길상사 사진공양을 시작한 지 얼마 되지 않았을 때 스님은 도끼눈을 뜨며 사진을 찍지 말라고 나무랐습니다. 그때는 놀라서 카메라를 내려놓았지만 얼마 지나지 않아 스님과 참 가까워졌습니다. 덕분에 출가한 스님들의 살림살이를 가까이에서 지켜보고 또 찍을 수 있었습니다.

가지런히

법당 앞에 놓인 스님들의 신발은 언제나 가지런합니다. 아무리 신경을 써서 벗어도 스님들처럼 가지런하게 벗어지지 않기에 스님들은 어떻게 신발을 벗나 유심히 살펴보기도 했습니다. 한 스님이 마치 눈이 뒤에 달린 것처럼 고무신을 재빨리, 그리고 단정히 벗었습니다. 저는 마냥 신기했습니다.

죽비와 그것을 잡고 있는 스님 손에서 단호함과 결기가 보입니다. 인연을 강조하지만 그것에 연연하지 않는 불교의 또 다른 면이라 생각합니다.

불교와 차

사진공양을 올리는 동안 얻은 것이 참 많은데 그중 하나가 차(茶)를 안 것입니다. 불교에서는 깨달음에 이르는 한 방편으로 차를 중요시합니다. 다양한 차를 접하며 차 맛을 조금씩 알아가는 재미가 쏠쏠하지요. 중국차는 뜨거운 물에 바로 우려 마셔야 하기 때문에 주전자가 사진에서 보는 것처럼 매우 작습니다. 스님이 우롱차를 넣은 다관에 뜨거운 물을 넘치게 부은 후 차 뚜껑을 덮으며 넘치는 찻물을 빼내고 있습니다.

길상사의 첫 천일기도

덕진스님이 천일기도를 하실 때입니다. 기도를 끝낸 후 목탁채로 연꽃에 담긴 물방울을
이리저리 옮기며 장난하고 있습니다. 스님은 길상사 창건 이래 처음으로 천일기도를 하
신 분입니다. 길상사에 4년 가까이 살며 은사 스님이 '절을 세운 뜻'에 제자로서 또 수도
자로서 정성을 보탰습니다.

기다림

법정스님을 뵈러 온 스님의 바랑과 동방, 모자입니다. 방문객이 많아 당신이 지니고 온 것들을 마루에 차곡차곡 쌓아 놓고 부름을 기다리고 있습니다. 서산에 지는 해가 스님 그림자를 바랑 근처에 포개놨습니다. 스님은 뒷짐을 지고 느릿느릿 바랑 주위를 서성거렸습니다.

망자의 혼을 위로하는 스님의 요령소리가 구슬픕니다. 영가는 스님의 간절한 기도에 이 생의 아쉬움을 뒤로하고 보다 더 좋은 세상으로 향할 것입니다.

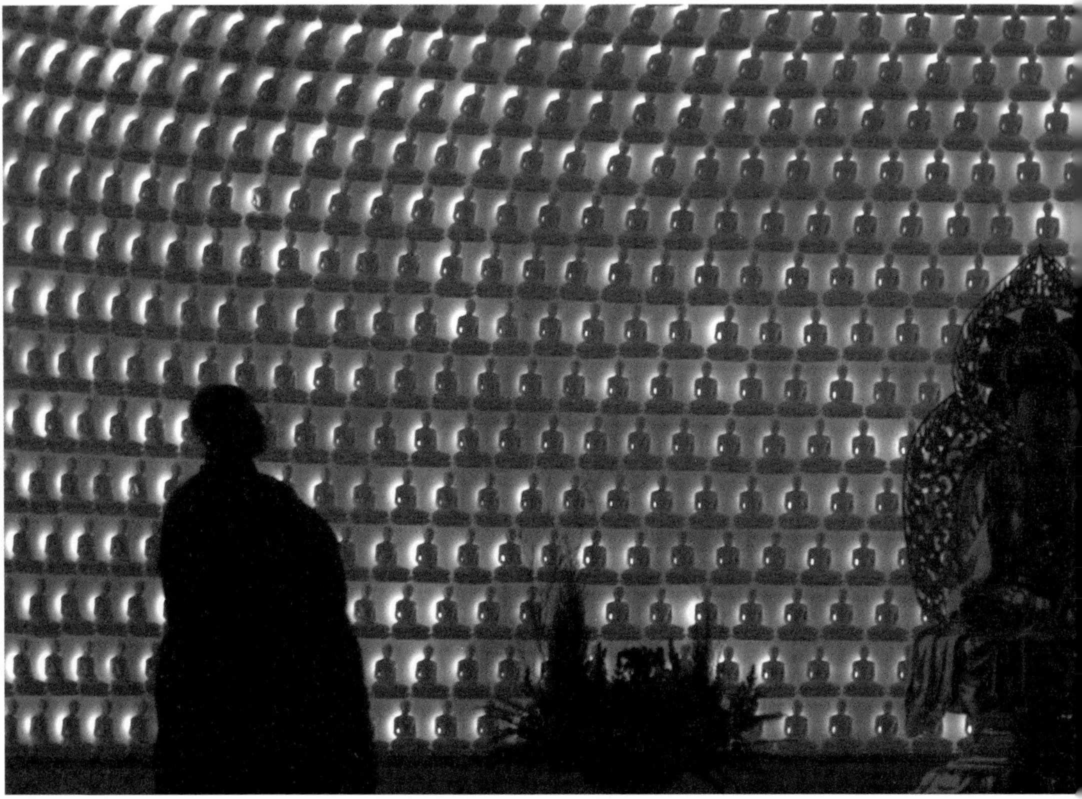

혜강스님이 설법전에 모신 부처님들을 바라보고 있습니다. 이 부처님들은 설법전을 새
로 단장하면서 모신 것들입니다.

구도자의 길

인간과 구도자를 동시에 봅니다. 또한 사람의 길과 구도자의 길도 봅니다. 사람의 길은 어렴풋이 알겠지만 구도자의 길은 알 수가 없습니다. 엎드려 머리를 싸매고 있는 스님은 인간이자 성직자입니다. 비슷하지만 다른 성격을 한 몸에 갖고 있는 인격체는 지금 부처님 전에 엎드려 있습니다. 스님이 찾는 길이 멀리 있는지, 이 법당 안에 있는지는 모릅니다.

스님의 턱수염과 오른쪽 밑의 조그만 나뭇잎이 묘한 수미상관(首尾相關)을 이루고 있습니다.

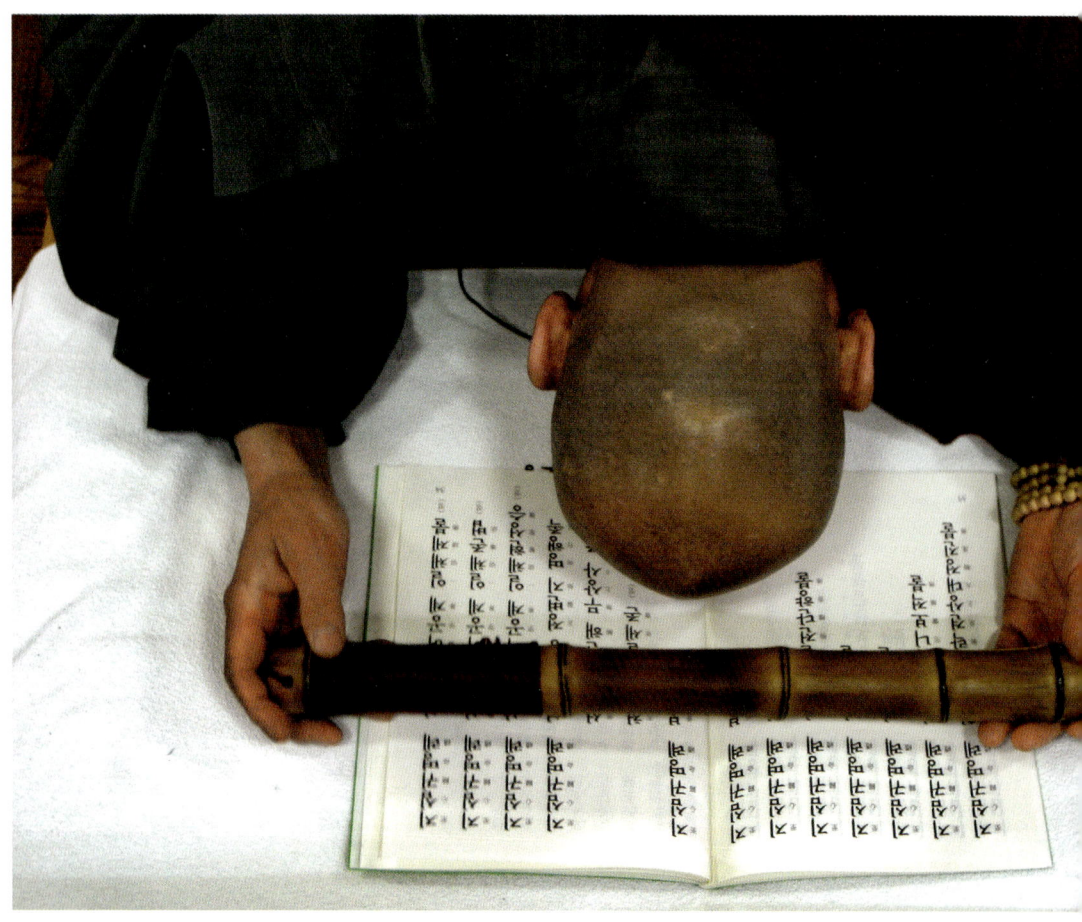

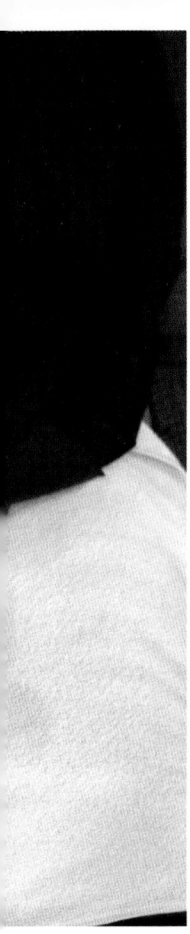

엎드리고 엎드립니다. 부처님 전에 엎드립니다. 죽비 한 번에 절 한 번입니다. 죽비는 관음보살의 천수입니다. 참회의 절은 끝이 없습니다. 극락전의 백팔배는 겁의 세월을 아우릅니다.

비질

그냥 마당을 쓰시는 줄 알았습니다. 설마 마당에 '줄을 그릴' 줄은 몰랐습니다. 스님의 줄 긋기는 경내에 흰눈이 소복이 내린 것과 비슷하다고 생각합니다. 가지런한 저 줄들이 바로 아무도 밟지 않는 눈입니다. 그러니 함부로 신발을 끌고 마당을 걸어갈 수는 없습니다. 뒤를 돌아보면 내 발자국이 너무 부끄럽기 때문입니다. 그렇다고 발자국을 남기지 않고 걸을 수는 없으므로 최대한 결을 따라 조심조심 밟아야 합니다. 그런 마음으로 걷는다면 절을 찾는 다른 사람들의 눈에도 그 줄의 의미가 보일지도 모릅니다.

도반

길상사 마당에 두 스님의 우정이 가득합니다. 왼쪽의 스님이 멀리서 찾아온 도반을 맞이합니다. 객스님은 처소로 가기 전 자신이 가져온 그림을 도반에게 보여주고, 스님은 그 그림을 흐뭇한 표정으로 바라봅니다. 먼길 온 도반이 피곤할까봐 어서 처소로 인도하려 하지만 객스님은 그 배려에 아랑곳하지 않고 손가락으로 짚어가며 그림 설명에 열중입니다.

학인 신분인 두 스님은 서로 떨어져 있었던 기간이 그리 길지 않은데도 길상사에서의 해후를 참으로 기뻐하셨습니다. 며칠 전까지 송광사 강원에서 함께 수학했고, 또 며칠 지나면 송광사 대웅전에서 함께 새벽예불을 드릴 텐데 말입니다. 중생구제의 길을 함께 하며 겪는 동병상련의 어려움을 누구보다도 잘 아는 두 스님은 단 며칠간의 떨어짐조차 아쉬운 모양입니다. 이런 것이 도반인가 봅니다.

언젠가 도반에게 아픈 몸을 의탁하러 가는 한 스님을 만난 적이 있습니다. 또 도반과의 만남을 앞두고 들떠 있는 스님도 있었습니다. 도반은 속세의 인연을 벗어던진 스님들이 어쩌면 유일하게 갖는 사사로운 인간관계가 아닐까 하고 생각해봅니다.

겨울을 나기 위해 나무들이 떨어뜨린 잎들이 경내에 가득합니다. 그 위를 스님이 걸어 갑니다. 중생구제를 위해 바삐 다녔을 스님의 두 발이 오늘은 고즈넉하기 이를 데 없습 니다. 깊어 가는 가을 길상사의 한 모습입니다.

몸집이 큰 느티나무라 낙엽도 엄청납니다. 10월 중순부터 떨어지기 시작한 낙엽이 그 달 하순에 이르러 나무 밑에 수북이 쌓였습니다. 보기는 좋았지만 청소하시는 스님을 뵈니 걱정입니다. 마당을 에워싼 나무들이 일제히 낙엽을 떨어뜨려 스님 혼자 치우는 일이 만만치 않아 보입니다.

대화

맑고 밝은 웃음입니다. 절 한복판에서 보는 수녀님의 웃음에서 향기가 느껴집니다. 환갑에 가까운 수녀님은 소녀의 웃음을 가지셨습니다. 수녀님 머리 위의 극락전 세 글자는 부처님 미소로 보입니다. 두 구도자가 정담을 나눌 때 석양빛은 은은했습니다. 마음과 마음을 열고 나누는 대화가 좀 더 오랫동안 이어지도록 부처님이 주신 선물 같았습니다. 부처님은 극락전에서 미소로 이들을 바라보셨습니다.

죽비

스님이 죽비를 들었습니다. 입정(수행하기 위해 방 안에 들어앉는 일)을 알리기 위함입니다. 불자들은 부처님 전에 들며 이미 마음을 다잡지만, '딱' '딱' '딱' 세 번 울리는 죽비소리에 다시금 정신을 한자리에 모아 정(定)의 상태에 이릅니다. 고요하고 부드럽지만 그 안에는 엄정함도 있습니다. 죽비를 치는 스님의 손과 그 모양이 '나를 찾는 선(禪)'에 맞닿아 있는 듯합니다.

인연

법당 문고리에 매달려 있는 기다란 줄의 그림자가 스님이 벗어 놓은 흰 고무신에 닿았습니다. 바람이 심하게 부는 날 닫혀 있는 극락전 주위를 서성이다가 마주한 풍경입니다. 긴 줄은 고무신에 닿기도 하고 그 위를 춤추듯 날아다니기도 합니다. 법당, 문고리, 줄, 신발로 이어지는 풍경을 바라보며 자연스럽게 '인연'을 떠올렸습니다.

길상사에 오기 전 타 종교에서 세례를 세 번이나 받았습니다. 인생사의 중요한 일들을 성당과 교회에서 치르고 지금은 매일 부처님 전에 엎드려 절을 합니다. 집에서 고작 10분 거리에 있는 길상사에 절을 하러 오기까지 7년이 걸렸습니다. 귀하고 귀하게 맺은 관계고 인연이라 길상사에서 보고 듣고 느끼는 모든 것들이 예사롭지 않습니다.

3

세상을 맑고 향기롭게

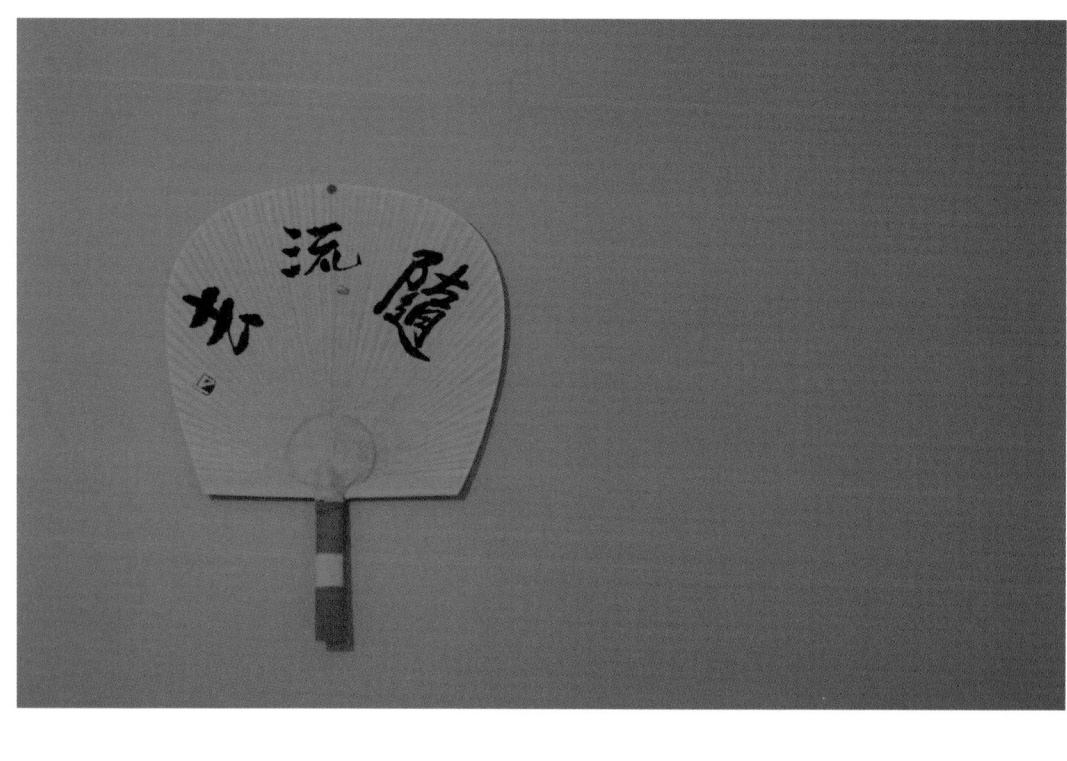

유쾌한 상상

한 스님 방에 걸려 있는 부채입니다. "수류거(隨流去)"라고 쓰여 있습니다. '흐름대로 간다'라는 의미인 듯합니다. 아마도 더위를 이기는 스님만의 비법이 아닐까 싶었습니다.

"스님, 올 여름도 더위가 만만치 않겠지요? 작년 더위 때 며칠씩 잠을 못 이뤘던 생각을 하니 벌써부터 걱정입니다."

스님은 더위를 어떻게 이기시는지, 정말 저 글을 위안 삼아 참아내시는 것인지 슬쩍 둘러서 여쭤보았습니다

"여기보다 훨씬 더운 필리핀에서 몇 달 살아봐서 힘들 것 같지는 않습니다. 더워도 몸동작을 작게 하면 괜찮습니다."

스님은 부채와 글에 대한 설명은 해주시지 않고 다른 말씀만 하십니다. 더 궁금해져 글의 의미를 직접 여쭈었습니다.

"저 글씨는 아는 스님이 단옷날 써주신 거예요. 벽이 휑해서 붙여 놓았을 뿐 특별한 의미는 없습니다."

뜻깊은 말씀을 기대했는데 좀 싱거운 대답이 돌아왔습니다. 오해와 편견이 때론 흐뭇할 때가 있습니다. 글 몇 자만으로 더위를 이길 수 있다고 생각하다니, 엉뚱한 상상 덕분에 잠시 유쾌해졌습니다.

관음석상 이야기

관음석상이 길상사에 선 것은 법정스님과 최종태 선생의 아름다운 인연 덕분입니다. 1999년 여름, 법정스님이 소설가 정채봉 선생의 소개로 만난 최종태 선생께 관세음보살상 제작을 의뢰했는데 선생이 이를 받아들여 단번에 만든 것이 바로 이 관음석상입니다. 관음석상 제작 중에 딱 한 번 선생을 찾아간 법정스님은 크게 만족하셨다고 합니다. 반가사유상의 온화한 미소에 반해 반세기 동안 '얼굴'만 조각해온 선생께 스님의 제안은 '속뜻'이 맞는 일이었습니다. 관음석상은 2000년 4월 24일 봉헌되었습니다. 봉헌하는 날 선생은 "이 억겁의 시간에 우리 두 손(법정스님, 최종태 선생)이 잠깐 하나로 만나서 한 형상이 태어났다"고 하셨습니다. 불교식으로 말하면 인연이 관음석상을 만든 것이지요.

관세음보살을 형상화한 관음석상은 불교신자들에게는 '신앙의 상징'입니다. 중생의 고통을 천 개의 눈과 천 개의 손으로 쓰다듬어주시는 관세음보살님이 갖는 의미는 변하지 않습니다. 설사 성모마리아상을 닮았다고 해도 말입니다.

참새의 기도

참새가 관음석상의 손에 앉았습니다. 특별한 청이 있는 모양입니다. 다른 녀석들처럼 먹이 먹는 것도 중단한 채 기도를 올리니 참새의 기도는 꼭 관세음보살님이 들어주실 것 같습니다. 업과 인연 탓에 참새의 몸을 받아 이생을 사는 녀석에게 관세음보살님이 어찌 자비의 마음을 갖지 않으시겠습니까.

화합

길상사가 있는 성북동은 '한국의 바티칸'으로 불립니다. 천주교 관련 단체와 시설들이 유독 많기 때문입니다. 종교 간의 화합을 강조하고 또 몸소 실천하신 법정스님이 만든 길상사에 성모마리아상을 닮은 관음석상까지 있으니 수녀님들이 산책 겸 둘러보기에 적당한 곳이지요.

선 수련회에 참가한 분들이 오카리나의 선율에 빠져 있는 사이 좌복(방석)도 신발도 여유롭습니다.

털신을 말리고 있는 모습이 마치 병아리들이 한겨울 양지에서 햇볕을 쬐고 있는 것만 같습니다. 색다른 풍경을 찍게 되어서 그 고마움에 신발을 널어놓은 분께 '설치 미술'을 잘 찍었다고 말씀드렸습니다.

스님의 검정 고무신과 저의 검은 신입니다. '조고각하(자기 발밑을 잘 비추어 돌이켜본다)'
라는 말을 모르는 것도 아닌데 아무리 신경을 써서 신발을 벗어도 가지런히 벗어지지
않으니 스님들이 말씀하시는 '중물 빼는 데 3년'이란 말이 틀린 것 같지는 않습니다.

정성

극락전 기둥 뒤로 단정한 두 발이 빼꼼히 보입니다. '불교는 정성이 반'이라고 생각하는데 발만 봐도 이 발의 주인공이 얼마나 정성스럽게 부처님께 절을 올리고 있는지 느낄 수 있습니다. 발은 불교적으로 중요한 의미를 갖습니다. 가섭존자가 부처님 열반을 크게 슬퍼하며 대성통곡하자 부처님이 관 밖으로 두 발을 내보이며 부처나 법신은 오는 것도 가는 것도 없고(槨示雙趺) 차안과 피안이 같이 있다는 것을 알려주셨습니다.

검정 고무신

극락전 댓돌 위에 스님의 고무신이 단정히 놓여 있습니다. 좀 더 세련된 것을 찾는 세태에 투박한 검정 고무신을 찾는 사람은 많지 않습니다. 하지만 튼튼해서 오래 신을 수 있으니 수도자들에게는 흰 고무신보다 인기가 많습니다. 절에서 검정 고무신을 흔히 볼 수 있는 이유이기도 합니다.

낙엽 밟기

법정스님은 가을에 낙엽을 쓸지 말라고 당부하셨다고 합니다. 늦가을을 즐기는 방법 중 하나가 낙엽 밟기라는 걸 누구보다 잘 아셨기 때문이지요. 스님의 '세련된 배려' 덕분에 길상사에 만추를 즐기러 오는 분들이 꽤 많습니다. 낙엽과 대 빗자루가 안성맞춤으로 어울립니다. 빗자루를 들고 낙엽을 쓸면 낙엽과 함께 낭만도 사라진다는 것을 알기에 누구도 빗자루를 들지 않습니다. 빗자루는 저렇게 며칠을 있었습니다.

극락전 부처님을 마주하고 앉은 노보살님의 손입니다. 손에 보살님의 전부
가 있습니다.

스님 두 분이 경내에 쌓인 눈을 치우며 길을 냅니다. 산중에서는 힘든 울력이지만 이곳에서는 재미있는 보시입니다. 서울 도심에서 이렇게 눈을 치우는 것이 진기한 일일뿐 아니라 부처님께 기도하러 오는 분들을 위한 것이니 어찌 즐겁고 흥이 나지 않겠습니까.

발목까지 눈이 쌓인 날 보살님은 합장을 하고 관음석상을 향해 한참이나 기도를 올렸습니다. 전해져 오는 보살님의 정성을 어떻게 표현해야 할까, 사진을 보는 사람들도 같은 느낌을 받을 수 있을까, 평생 동안 풀어야 할 숙제입니다.

부처님오신날 즈음이면 길상사는 '연등 바다'를 이룹니다. 관음석상과 연등이 어우러진 광경은 아름답습니다. 세상에 공짜가 없듯 수많은 사람들의 수고로 연등이 걸렸고 그 '인연'으로 독특한 선을 드러냈습니다.

한 스님의 방에 걸려 있는 밀짚모자와 장삼, 단출하기 이를 데 없습니다. 다른 스님의 방도 크게 다르지 않을 것입니다. 법정스님에게 '무소유'의 깨우침을 준 난(蘭)까지 있었다면 법정스님 방으로 착각했을 것 같습니다.

길상사를 방문한 한 외국인이 조금은 독특한 자세로 앉아 스님 말씀에 귀를 기울입니다. 귀에 댄 손이 아니었다면 불손하게 느낄 뻔했습니다.

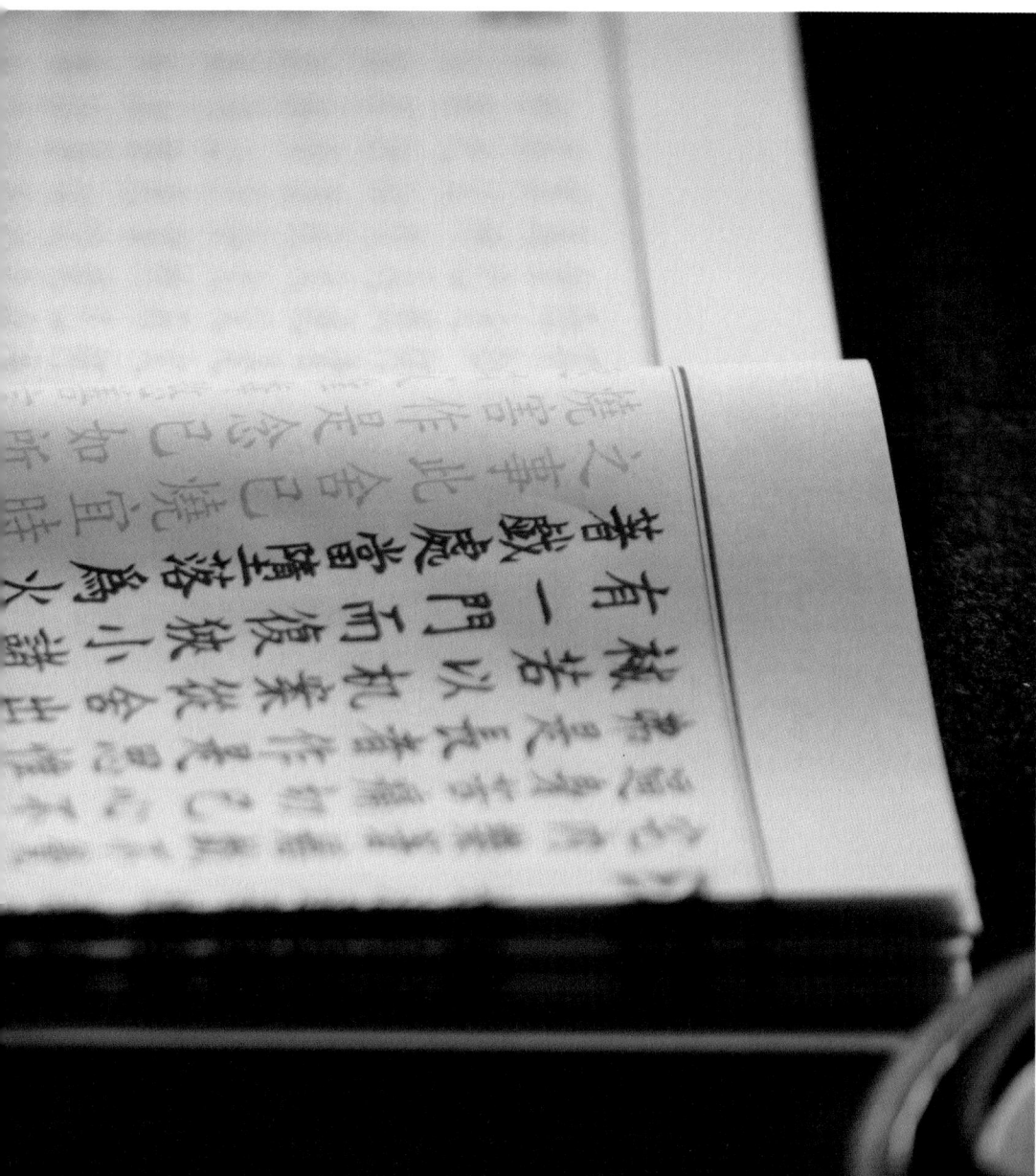

길상사 도서관에서 한 보살님이 법화경 사경(불경의 문구를 베끼는 일)에 열중하고 있습니다.

삼천 배

매달 한 번씩 열리는 길상사 삼천 배 수행에서 인도자인 덕암 박종린 거사님이 나무아미타불을 염불하고 있습니다. 덕암 거사님은 2004년 3월부터 지금까지 115회나 길상사 신도들을 삼천 배로 인도했습니다. 수행은 밤 8시부터 시작해 50분 절하고 10분 쉬는 방식으로 다음 날 새벽 4시까지 이어집니다. 많은 불자들이 삼천 배를 하고 싶어 합니다. 거사님 덕분에 길상사의 많은 신도들이 큰 어려움 없이 삼천 배를 올릴 수 있었습니다. 거사님은 길상사가 수행도량으로 거듭나는 데 큰 공을 세우셨습니다.

영가등

연등 중에는 영가등도 있습니다. 영가등은 형형색색 요란하지 않습니다. 흰색뿐입니다. 부처님오신날 즈음이면 길상사 설법전 옆에 영가등이 걸립니다. 살아있는 사람들을 위한 오색등과 섞여 있는 것을 보며 삶과 죽음이 그리 멀지 않음을 느낍니다. 죽음의 문턱을 넘은 영가, 그들을 위로하는 등도 이 위치에서 보니 결코 오색등에 뒤지지 않습니다. 그 '비애미'가 꽤나 아름답게 느껴집니다. 흰색등이 영가를 위한 등이라는 것을 알게 된 후로 돌아가신 부모님을 위해 등을 밝힙니다.

엄마와 아빠 사이에 있는 아이의 기도는 무엇일까요? 관음석상 앞에서 가끔씩 볼 수 있는 '가족 기도'입니다. [사진 ·] 할아버지가 손자의 빗자루 나르기를 도와주고 있습니다. [사진 ··] 이렇게 따뜻한 모습들을 사진에 담을 수 있어 늘 감사했습니다.

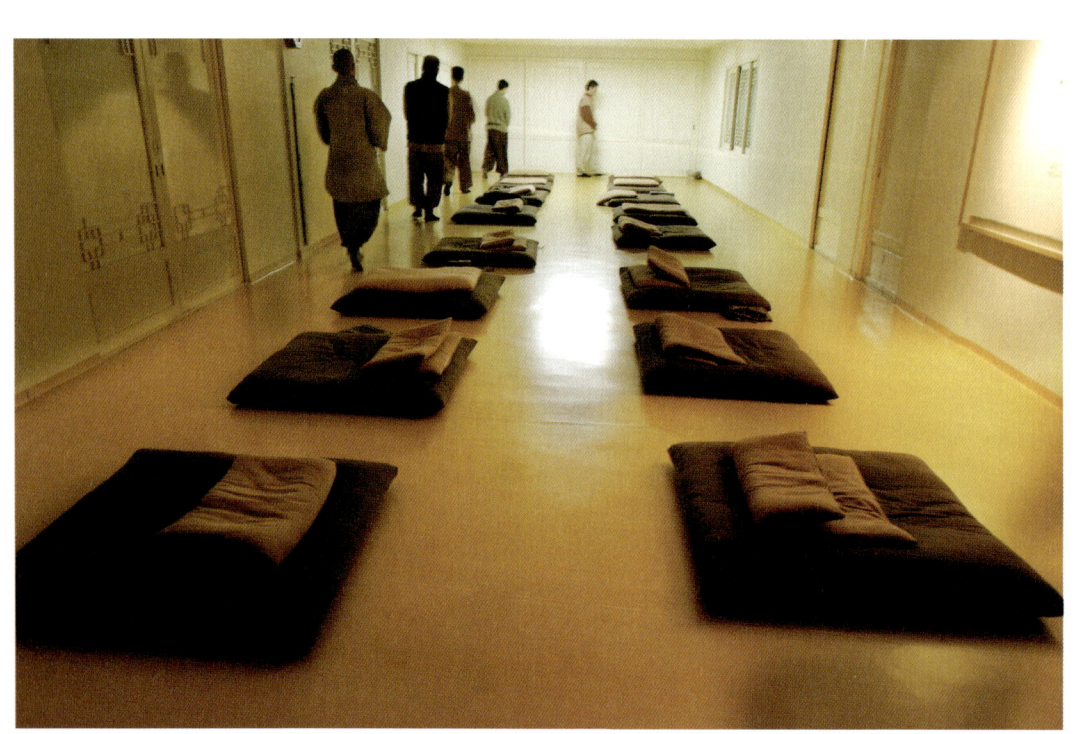

부처님이 보리수 아래에서 깨달은 날인 성도절(음력 12월 8일)에는 길상사 신도들이 밤새 참선을 합니다. 사진은 한 시간의 참선 후 포행(천천히 걸으면서 참선하는 것)하는 장면입니다.

어린 소녀가 엄마를 도와 할머니가 탄 휠체어를 밀고 있습니다. 지금 이 순간 경내 구석 구석을 보고 싶은 할머니에게 관세음보살님은 손녀였습니다.

삼천세계에서 오신 부처님께 한 번씩 절을 올리는 게 삼천 배입니다. 정성이 없으면 할 수 없는 일이지요. 극락전의 좌우를 나눠 왼쪽과 오른쪽에서 서로 번갈아 '나무아미타불'을 염불하며 절을 하는데, 목청껏 나무아미타불을 염불하다보면 힘든 게 조금은 사라졌던 것 같습니다.

어느 초여름 일요일, 극락전 풍경입니다. 극락전은 길상사의 주법당입니다. 아미타부처님을 주불로 모셨지만 구조는 민가의 한옥과 다를 바 없습니다. 애초부터 법당으로 지어지지 않았기 때문에 단청을 칠하지 않았습니다.

단출하게

벽안의 수녀님이 극락전을 향해 예를 표하고 있습니다. 타종교인이지만 그 모습이 어색하지 않습니다. '절에는 기교를 부리지 말아야 한다'라는 법정스님의 생각이 투영된 까닭에 길상사는 담백한 분위기를 풍깁니다. 아마도 수녀님은 그런 분위기가 좋아서 찾아오신지도 모르겠습니다. 단청이 없고 있어야 할 것들이 꼭 그 자리에 있는 절은 찾아보기 힘든데 길상사가 바로 그런 절입니다. 2005년쯤 법정스님과 덕조스님이 남도의 어느 절을 다녀오신 후 과도한 치장에 대해 걱정하는 말씀을 우연히 들은 적이 있습니다. '길상사는 좀 단출하게'가 법정스님의 강조였습니다.

해마다 부처님오신날 저녁에 열리는 '길상음악회'에 초대받은 한 수녀님이 즐거운 웃음을 띠며 박수를 치고 있습니다. 앞쪽의 덕진스님과 함께 앉은 혜산스님의 웃음도 수녀님과 닮았습니다.

벽안의 여성이 카메라에 찍힌 스님의 모습을 보여주고 있습니다. 말은 통하지 않지만 두 사람이 공감했기에 저렇듯 맑은 미소를 지었을 것입니다.

맑고 향기롭게

수녀님들이 '맑고 향기롭게' 이사장이신 덕운스님이 보는 가운데 '맑고 향기롭게' 상징 캐릭터가 자신들 수녀회의 그것과 닮아 신기하다며 사진을 찍고 있습니다. 그 모습이 보기 좋은지 스님도 미소를 띠며 바라보고 있습니다. 캐릭터에는 진흙 속에서도 한 점 티 없이 맑고 향기로운 연꽃이 피어나듯 우리 마음, 세상, 자연이 두루 맑고 향기로워지기를 바라는 간절한 마음이 담겨 있습니다.

나눔의 기쁨

법정스님은 길상사를 '맑고 향기롭게 살아가기 운동'의 근본도량이라고 누누이 강조하셨습니다. 나눔의 도량이 되기를 바라셨던 겁니다. 가만히 앉아 있어도 땀이 줄줄 흐르는 여름 날, 몇 시간을 쭈그리고 앉아 김치를 담그는 일은 그리 쉽지 않습니다. 그런데도 이렇게 해맑은 웃음을 보이는 봉사자의 얼굴에서 '맑음'과 '향기로움'이 묻어납니다. 이 웃음 속에 '맑고 향기롭게'의 존재 이유가 있다고 생각합니다. '맑고 향기롭게' 봉사자들과 코레일 직원들은 이날 500여 포기가 넘는 김치를 담가 사회시설과 독거노인, 소년소녀 가장들에게 전달했습니다. 이렇게 마음과 마음이 모여 사회로 퍼져나가니 인향만리(人香萬里)입니다.

내면의 소리

불일암 시절 법정스님은 방문객들이 찾아오면 "앞산이 내 얼굴이고 모습이니 묵묵히
바라보고 있노라면 내면의 소리를 들을 수 있다"며 침묵을 권했다고 합니다. 저 자리에
앉으면 관음석상과 새로 조성된 탑이 보입니다. 내면의 소리는 마음에 있으니 불일암이
아니더라도 어디서든 들을 수 있겠지요.

참선. 처음 하는 사람들에겐 참 어렵지요. 자세 잡는 것부터 생각을 비우는 것까지. 하지만 익숙해지면 그 맛이 참 묘하답니다.

순수

길상사 극락전에 진객이 오셨습니다. 법당이 환해졌습니다. 짧은 머리에 승복 차림이라 동자승으로 착각했지만 스님은 아니었습니다. 만 두 돌이 지난 아이의 해맑은 모습은 보는 이들에게 기쁨을 안겨주었습니다. 많은 사람들이 말로 표현할 수 없는 환희를 느꼈습니다. 이런 순수의 모습을 보게 됨을 감사하게 여깁니다.

바람이 연등에게 속삭입니다. 흔들리면 어떻겠느냐고. 연등은 소지에게 물어봅니다. 흔들리면 소원이 더 간절해지지 않을까라고. 소지에 적힌 글들은 답합니다. 원을 이루기 위해 흔들리자고.

극락전의 지붕과 길상사의 나무들이 연등과 어울려 만들어낸 풍경은 한복의 윗저고리 같습니다. 품이 넉넉한 옷이 길상사에 걸렸습니다.

여든은 되어 보이는 노보살님이 스님께 공손히 절을 올리고 있습니다. 경전의 가르침을
넘어선 그 무엇을 봅니다.

매화 향에 취했습니다. 처음엔 녹차 향이 났으나 이내 매화 향만 남았습니다. 그 향이 온 방 안에 가득 찼습니다. 매화 향을 즐기는 것이 옛 문인들의 풍류 중 하나라고 했던가 요? 겨우내 꽃망울을 터뜨리기 위해 견디고 견딘 매화이기에 그 향은 코끝을 넘어 가슴 속까지 파고듭니다.

재가불자들의 수행처 길상선원입니다. 선원은 고즈넉합니다. 선과 고요는 떼려야 뗄 수 없습니다. 도심 한복판의 절에 있는 길상선원은 하루 종일 고요하기만 합니다. 이른 아침 넓은 선방에 보살님이 혼자 앉아 있습니다. 고요는 적막에 이릅니다.

법과 자비의 문

놋쇠로 된 문고리는 부처님 상호(부처의 몸에 갖추어진 훌륭한 용모와 형상)가 주는 느낌처럼 사람의 마음을 푸근하게 합니다. 문고리의 둥근 모양이 부처님의 법과 자비는 헤아릴 수 없음을 의미하는 듯합니다. 스님이 문고리를 잡고 있으니 마치 법과 자비의 문이 열리고 있는 것 같습니다.

기도의 열정

손과 염주가 닮았습니다. 세파를 견뎌온 굵은 손마디와 수만 번은 만진 듯 반질반질해진 염주가 주는 느낌이 비슷합니다. 많고 많은 손과 염주의 결합 중에서 유독 시선을 끈 장면입니다. 일흔은 넘어 보이는 보살님이 보여준 구도와 기도의 열정 때문입니다. 한여름, 땀 냄새로 뒤범벅된 불당에서 삼천 배를 올리는 노 보살님의 끊임없는 몸짓은 그 어느 현란한 동작보다 저의 마음을 움직였습니다.

영가의 찻잔

세 개의 찻잔 중 한가운데 것은 영가의 잔입니다. 작은 찻잔에 진녹색의 찻물이 그득 담겼습니다. 차담을 시작할 때 산자들의 찻잔보다 먼저 채웁니다. 영가를 위한 배려입니다. 다른 찻잔은 쉴 새 없이 채움과 비움을 반복하지만 영가의 찻잔은 처음부터 끝까지 채워진 채로 있습니다.

스님은 오래전부터 영가를 위해 차를 준비한다고 하셨습니다. '혼자 마시면 심심'하기 때문이라는 언뜻 이해하기 힘든 설명에 입을 다물었습니다만, '심심'이라는 말에 만 가지 의미가 들어 있음을 느낄 수 있었습니다. 그 심심함이 어찌 영가에 의해 해소될 수 있을까마는 세상을 떠난 영가를 위하는 그 마음에 고개가 절로 끄덕여졌습니다.

이 사진을 찍은 날은 어머니를 떠나보낸 지 불과 며칠 되지 않았을 때였습니다. 스님은 그런 제 마음을 읽으셨는지 가운데 놓인 잔이 제 어머니의 것이라고 위로해주셨습니다. 어머니가 살아 계셔서 이 찻물의 농담을 평할 수 있다면 얼마나 좋을까 하고 생각하며 어머니의 영혼을 위해 다시 한 번 기도를 올렸습니다.

"자비심이란 이웃을 향한 따뜻한 그 마음이 아니겠는가."

수도 없이 보아온 이 글이 이날만큼 가슴 뭉클했던 적은 없었습니다. '아, 그래. 자비란 그런 것이지.' 그 자리를 맴맴 돌며 이웃을 향한 따뜻한 마음을 되뇌었습니다. 법정스님이 그해 하안거 결제 때 말씀하신 '친절'이라는 단어도 자꾸만 떠올랐습니다.

"남의 허물은 나의 허물이다. 무주상보시(無住相布施)."
무주상보시. 대상을 가리지 않고 보시를 한다는 뜻으로 《금강경》에 나오는 말씀입니다.
도와주는 나도 없고 도움 받는 이도 없으니 도움이 있을 리 없습니다.

남의 허물은 나의 허물이다.

無 住 相 布 施

어머니

어머니가 돌아가신 후로 법당에 갈 때마다 향을 올립니다. 향 세 개에 불을 붙인 후 향로에 꽂기 전 한참 동안 향을 들여다봅니다. 타는 향을 바라보며 어머니의 극락왕생을 빌어봅니다. 이생의 모든 일을 잊고 먼저 가신 아버지와 함께 편안한 영생을 누리시라고 되뇌입니다.

49재를 앞두고 있던 이날의 기억이 떠오릅니다. 어머니가 돌아가셨다는 사실이 믿기지 않았습니다. 언젠가 이날이 올 줄은 알았지만 막상 어머니가 가시니 필설로 형언할 수 없는 슬픔이 밀려왔습니다. 이른 아침 길상사를 찾아 극락전 서쪽 영단의 향로에 향을 피웠습니다. 마침 어느 분이 향로를 정리해두셔서 향로 안은 깔끔했습니다. 먼저 태워진 향들이 재로 변해 여기저기 널려 있었지만 어지럽지는 않았습니다. 그 모습이 정갈하셨던 생전의 어머니와도 어울리기에 사진을 찍었습니다. 이 작은 향로는 재로 가득 차 있습니다. 가득한 재만큼이나 제 마음도 어머니를 위한 기도로 가득 차 있습니다.

신발의 노래

고무신과 털신이 가지런히 놓여 있습니다. 길상선원에서 참선하는 분들의 신발입니다. 봄이 되었지만 아직 찬 기운이 있어 털신을 신발장 구석으로 밀어넣기는 이른가봅니다. 털신의 거무튀튀한 색깔 덕분에 고무신이 더욱 희게 보입니다. 마치 오선지 위의 음표인 양 놓여 있습니다. 오른쪽의 대나무 발이 조금만 더 내려왔더라면, 꽃봉오리가 서둘러 망울을 터트렸더라면 '신발의 노래'를 듣지 못할 뻔했습니다.

4

자연을 맑고 향기롭게

단풍과 견주어도 빨갛게 익은 감 색깔이 결코 뒤지지 않습니다. 길상사에서는 감을 따지 않습니다. 모두 날짐승들의 몫입니다.

풍경이 감을 향해 갑니다. '감 따러 가는 물고기'입니다. 봄에는 감나무에 이파리가 나기를 기다리는 것 같았고, 여름에는 무성한 신록에 시원해하는 듯했으며, 겨울에는 쌓인 눈을 즐기는 것 같았습니다. 다 마음이 부린 상상입니다.

바로 지금

결국 꽃을 피우게 만든 것은 가지에 매달려 있는 이 '한 방울'이었습니다. 한 방울은 '바로 지금'과 통합니다. "미래가 궁금하면 현재의 내 모습을 보고, 과거가 궁금하면 지금의 내 모습을 보라"는 말씀에는 '바로 지금'이 제일 중요하다는 뜻이 담겨 있습니다. 아름다운 산수유를 피운 것은 역수 같이 내리는 빗속에 들어 있는 바로 이 한 방울이었습니다.

가을바람이 딱 보기 좋을 만큼 적당한 낙엽을 그루터기 위에 가져다두었습니다.

절대미감

길상사 공양간에 걸려 있는 그림을 그린 박항률 화백은 법정스님이 '절대미감'을 가진 분이었다고 회고합니다. 박 화백뿐 아니라 많은 분들이 스님의 감각에 감탄했지요. 가끔 길상사에서 이렇게 만족스러운 장면을 잡아낼 때면 법정스님이 꼭꼭 숨겨둔 아름다움을 찾아낸 듯 뿌듯함을 느끼곤 했습니다.

참새들이 관음석상 아래 놓인 튤립이 너무 아름다워 꽃구경을 하다가 인기척에 놀라 자리를 뜨고 있습니다. 길상사 참새들은 공양미가 놓이는 바로 이 자리를 제일 좋아합니다.

선물

길상사의 설경을 담고 싶어 오랫동안 기다렸습니다. 밤새 눈이 내린다는 예보를 듣고 다음 날 새벽 일찍 집을 나섰습니다. 아무도 밟지 않은 눈길을 내 발자국이 해치지 않도록 조심하면서 아름다운 모습들을 카메라에 담았습니다. 그러다 발견한 이 모습은 마치 부처님께서 '혹시 이런 걸 찍고 싶었느냐' 하며 주시는 선물 같았습니다.

내리는 비 말고 찍을 것이 없었던 어느 날 울적한 마음을 담아 비의 궤적을 찍었습니다.

꽤 내린 봄비 탓에 길상사 마당에 물이 고였습니다. 봄바람이 괸 물에 파문을 일으켜 주 렁주렁 달린 연등을 희롱합니다.

마흔이 넘어서야 겨우 만난 세계, 불교입니다. 길상사 처마에 달린 물고기 모양의 풍경
이 불교의 넓은 세계를 헤매는 저의 모습과 닮았습니다.

손톱만 한 새싹부터 보아온 잎이 어느새 손바닥만 하게 커져서 다시 땅으로 돌아갑니다. 무상(無常). 어렵지 않습니다. 이 낙엽이 무상의 증거입니다.

지금은 사라진 적묵당 앞 인공 연못에 비가 내리고 있습니다. 이 연못에 어른 팔뚝 크기만 한 잉어가 꽤 많이 살았던 적도 있었습니다.

부처님께 공양 올렸던 꽃이 시들자 누군가 그 꽃잎을 하나씩 뜯어내 버렸습니다. 점점
이 떨어진 꽃잎을 보면서 중국 작가 노신(魯迅)의 "아침 꽃을 저녁에 줍는다(朝花夕拾)"
라는 말이 떠올랐습니다. 꽃이 한창일 때는 특별한 감정이 일지 않다가 꽃잎으로 떨어
져 있을 때 비로소 아름답다는 생각이 드니 이상하기만 합니다.

참선에 든 선승의 머리 위로 낙엽이 내려앉았습니다. 깨달음도 이렇게 온다네요.

오색 연등을 바라보는 방법은 여러 가지입니다. 부처님오신날이 가까워질수록 연등은 많아져 하늘을 전부 가릴 정도가 됩니다. 빼곡히 걸린 연등도 보기 좋지만 이렇게 듬성듬성 걸려 있을 때 올려다보는 것도 색다른 느낌을 줍니다.

공양미를 너무 많이 먹어 쉬었다 가려는 걸까요. 햇볕이 따스한 봄날 관음석상에서 날 아온 참새 한 마리가 연등이 만든 그늘 속에 한가히 앉아 있습니다.

한겨울인데도 발갛게 잘 익은 홍시 하나가 까치밥으로 남아 있습니다. 아마도 극락전 뒤 감나무에 매달려 있어서 까치 눈에 잘 띄지 않은 모양입니다.

길상헌

꽤 내린 비에 훌륭한 계곡이 생겼습니다. 낙차까지 더해지자 굵은 포말들이 생겨 더 시원해 보입니다. 발이라도 한번 담궈보고 싶습니다. 계곡물과 비가 함께 내는 소리가 적당해 아취까지 느껴집니다. 경내를 휘감는 그 소리가 '마음의 청량함을 찾는 게 어떨까'라고 묻는 것 같습니다. 故 길상화 보살님(길상사를 시주한 김영한 여사)께서도 길상헌(왼쪽에 보이는 집)에서 이 소리를 들으며 대원각을 시주하기로 하시지 않았을까 생각해봅니다.

종이 연꽃입니다. 코끼리의 몸체를 보지 않아도 발이나 상아를 통해 코끼리임을 알 수
있듯 연꽃잎 한두 개만으로도 연꽃을 표현할 수 있습니다.

봄의 색깔은 많습니다. 각각의 색도 감탄을 자아낼 만큼 곱지만 섞여 있어도 아름답기만 합니다. 자연의 색 속에는 함께 살려는 마음이 들어 있습니다.

아침부터 내리기 시작한 비에 코스모스는 이내 고개를 땅으로 돌렸습니다. 이런 꽃의
마음을 외면한 채 비는 세차게 내리고 있습니다. 게다가 빗방울이 꽃잎에 매달려 있어
코스모스의 마음을 더욱 무겁게 하는 듯합니다.

대야만 한 돌절구 안에 길상사의 단풍이 다 들어왔습니다. 둔하고 우직한 모습이라 화려함과는 거리가 멀지만, 돌절구는 안성맞춤으로 단풍을 담아냈습니다.

마른 잎 속 세상

잎새가 바짝 말랐습니다. 싱싱한 생명력을 자랑하던 푸른 잎은 만지면 바스락 소리가 날 듯 물기 하나 없습니다. 운이 좋아 내일도 나무에 붙어 있다면 햇살을 받겠지만 땅에 떨어진다면 스님의 비질에 쓸릴 것입니다. 먼지 속에도 세계가 있듯이(一微塵中含十方) 마른 잎 또한 마찬가지입니다. 고엽(枯葉) 안에도 나무가 있고 나무의 생명력이 있으며 세상이 있습니다.

길상사의 만추 속에 나무빗장이 숨어 있었습니다. 언뜻 떨어지던 낙엽이 문에 걸린 것처럼 보이지만 자세히 보면 일부러 꽂아 놓은 것임을 알 수 있습니다. 누가 이토록 운치 있는 나무빗장을 만들어놓았을까요?

봄을 알리는 눈이 왔습니다. 그해 겨울 길상사에는 눈이 드물었습니다. 겨우내 목말랐던 이파리 끝이 노랗게 말랐습니다. 그 위에 눈이 쌓였으니 며칠 지나지 않아 노란 이파리는 파랗게 변할 것입니다.

색을 채우면
공이 보이듯

쌓였던 눈
바람에 날리니

바람은
공인가 색인가

국립중앙도서관 출판시도서목록(CIP)

날마다 새롭게 : 맑고 향기롭게 근본 도량 길상사 사진공양집 / 지은이: 일여. -- 고양 : 위즈덤하우스, 2013   p. ; cm   ISBN 978-89-5913-771-8 03810 : ₩16800   사진집[寫眞集]   수기글[手記]   041-KDC5   089.957-DDC21   CIP2013025766

맑고 향기롭게 근본 도량
길상사 사진공양집

날마다 새롭게

초판 1쇄 발행 2013년 12월 9일   초판 4쇄 발행 2014년 2월 12일

지은이 일여   펴낸이 연준혁

출판6분사분사장 이진영
편집장 정낙정
편집 박지수 최아영
디자인 이세호
제작 이재승

펴낸곳 (주)위즈덤하우스 출판등록 2000년 5월 23일 제13-1071호
주소 경기도 고양시 일산동구 정발산로 43-20 센트럴프라자 6층
전화 031)936-4000 팩스 031)903-3893 홈페이지 www.wisdomhouse.co.kr
종이 월드페이퍼 인쇄·제본 현문 후가공 이지앤비

값 16,800원   ISBN 978-89-5913-771-8 03810